Herr Scraggs

Henry Wallace Phillips

Writat

Diese Ausgabe erschien im Jahr 2024

ISBN: 9789359945422

Herausgegeben von
Writat
E-Mail: info@writat.com

Inhalt

ICH
DURCH PROXY

Ich hatte Mr. Scraggs getroffen, ihm die Hand geschüttelt und kannte ihn im oberflächlichen Sinne des Wortes. Aber ein Mann ist mehr als Kleidung und eine Glatze. Es ist auch ein Trick, mehr über ihn herauszufinden – insbesondere im Kuhland. Man braucht einen Dolmetscher. Red lieferte die Übersetzung. Danach pflegte ich die Freundschaft mit Herrn Scraggs zum Wohle der Menschheit und der Philosophie. Saunders und ich lagen unter einem Stück Bad Lands, genossen die Frühlingssonne und genossen die erste Zigarette seit dem Frühstück. Im Hinblick auf die Dinge im Allgemeinen sagte er:

„Es gab die Zeit, als ich für die Ellis-Ranch gearbeitet habe. Eine Ranch ist wie ein Mann: Sie hat etwas, das zu ihr gehört, das zu keiner anderen Ranch gehört, genauso wie ich genauso viele Augen habe und." Nasen und so weiter, dass du auf deinem Ticket gezogen hast, aber du bist nicht mehr ich als du. Das war eine Art nüchternes Anliegen, es war eine nachdenkliche Art von Ranch, auf der jeder seinen eigenen Weg ging Ich schätze, das lag daran, dass es sich bei den Jungs hauptsächlich um Oldtimer handelte, die sich darüber stritten, warum das so war und warum es so war Männerzimmer, das davon erzählte, dass die Indianer schon lange vor dem großen Hochwasser „Juden" waren und wie eine Bande von ihnen in die Prärie und die andere zum Geschäft mit schlechter Kleidung ging. Nun, er und Chawley Tawmson – Mitglied Chawley und sein Zahn? Und Sie hätten Zeit, einen Stier zu verbrennen, bevor Chawley das nächste Wort herausbrachte – nun, sie stritten sich darüber, ob das so war oder ob es nicht so war. Smithy war für das Buch, nachdem er es gelesen hatte, und Chawley verachtete es. Der Streit dauerte einen Monat, und da keiner von ihnen irgendetwas über einen Indianer wusste, außer dem, was man daraus ersehen kann, wenn man ihn durch das Visier eines Gewehrs betrachtete, und da einer von ihnen der einzige Jude war, zu dem er jemals zwei Worte sagte, war der einer, der Windriver einen Hut verkaufte, der im ersten Regensturm schmolz, und dann gingen er und Chawley in die Stadt und ließen die Hebräer essen, was von dem Hut übrig blieb, nachdem sie den Preis zurückerstattet hatten. Sie können sich vorstellen, was für einen Beitrag zur Geschichte ich gehört habe Zu. So ein Ort war die Ellis-Ranch, und sie war auch eine schöne alte Farm.

„Ich habe dort ungefähr drei Monate gearbeitet, als ein Mann auftauchte, der aussah wie der einzige Sohn des alten Trouble. Von allen traurigen Gesichtern, die man jemals sieht, war seins das längste und schmalste. Es ähnelte jedem anderen menschlichen Gesicht, das ich je gesehen habe." sehen aus wie eine Nigger-Minnesänger-Show.

[Illustration: Hat jedes andere menschliche Gesicht, das ich jemals sehe, wie eine Nigger-Minnesänger-Show aussehen lassen.]

„Uns fehlten die Arbeitskräfte, da der alte Mann begonnen hatte, Heu zu lagern und einen Teil des Viehbestands für den Winter in Ställen zu verarbeiten, also stellten wir unseren neuen Bruder ein. Sein Name war Ezekiel George Washington Scraggs — eine melodische Nummer für eine Kuh.“ -Outfit! — und sein Name wurde ihm nicht annähernd gerecht, Ezekiel kannte sein Geschäft und gab sofort die Arbeit eines Tages ab, aber wenn man sagen würde: „Schöner Tag, Scraggs?“ Er stieß einen solchen Seufzer aus, dass man den Luftzug im ganzen Stall spüren konnte und nur den Kopf schüttelte.

„Bis zu diesem Zeitpunkt hatte Wind-river die Möglichkeit gehabt, diesen traurigen Akt mitzuerleben. Irgendwann während des mexikanischen Krieges hatte er ein Mädchen bekommen, und sie hatte sich Smiths Rolle ausgeliehen und war mit einem anderen Mann ausgegangen. Also, wenn wir Smithy auch überfüllten Während er heftig debattierte, schlüpfte er immer hinter das Mädchen und sagte: „Na ja! Ihr werdet es besser wissen, wenn ihr mehr Erfahrung habt“, obwohl wir damals vielleicht darüber geredet haben, was das Beste gegen Erfrierungen ist .

„Er bemerkte, dass Scraggs diesen neuen Mann ein wenig traurig über ihn zu halten schien, und er dachte, er würde herausfinden, warum.“

„„Sie wirken auf mich wie ein Mann, der Schwierigkeiten erlebt hat‘, sagt er.

"'Problem!' sagt Scraggs. „Ärger!“ Dann spuckte er aus der Tür und drehte sich bedächtig um, als hätte es keinen Zweck, sich über das Thema zu unterhalten, es sei denn, es handele sich um die Anwesenheit eines Gleichgestellten.

„Scraggs war ein schwer zu durchbrechender Mann, aber Smithy kratzte sich am Kopf und nahm einen Zahnspange.“

„„Ich habe selbst Unglück erlebt‘, sagt er.

"'Ah?' sagt Scraggs. „Was ist mit dir passiert?“ Er klang, als ob er nicht glaubte, dass es viel bedeutete, und er schüttelte sein Leid aus wie ein Katalog, der von einer Schneelawine in die Tiefe gejagt worden war ein Bär, der unter einem gefällten Baum gefangen war und in Flammen stand, sodass man nicht sagen konnte, ob man ihn für die Lebensretter oder für das von Indianern und persönlichen Freunden erschossene Feuer halten sollte; ein Pferdedieb vom Komitee und vieles mehr, und die Liste mit seiner rechten Laube abschließend: „Und, Herr Scraggs, ich habe auf die Frau vertraut, und sie hat mir alles getan, was ich hatte.“

"' *Hast* du?' sagt Scraggs, immer noch vollkommen höflich und desinteressiert. „‚ *Hast* du?' sagt er, nimmt seine Pfeife ab und spuckt wieder vorsichtig ins Freie. Und dann schob er den Joker über Smithys Spielzug. „Nun, *ich* war Mormone", sagt er.

"'Was?' sagt uns allen.

"'Jawohl!' sagt Mr. Scraggs, und mit einem traurigen Stolz kann ich Ihnen nicht die geringste Vorstellung davon geben, dass Sie ehrgeizig sind In den meisten Ländern wird das Ansehen eines Mannes durch die Anzahl der Frauen bestimmt, die er nicht hat des Rumpf-Mormonen-Königreichs, also habe ich jedes Mal, wenn ich den verfügbaren Vorrat an Mrs. Scraggs vergrößerte, eine Stufe in der Regierung nach oben gereicht, also musste ich es tun Nehmen Sie, was bereit ist, mich aufzunehmen, und es stellte sich heraus, dass es sich hauptsächlich um schwarzäugige Frauen mit eigenartigem Gemüt handelte. Meine Herren, ich war einst ein so lebhafter und glücklicher kleiner Junge, der Aufgaben auf einem Bauernhof erledigte Das Ergebnis der Vermischung von Frauen und Politik. Wenn ich Ihnen alle Arten von besonderen und allgemeinen Übeln erzählen sollte (um sie alphabetisch zu ordnen, wie ich es getan habe, um den Überblick zu behalten), sind Ann Eliza Scraggs, Bridget Scraggs und Belle Scraggs und Fanny Scraggs und Honoria und Helen Scraggs und Isabelle Scraggs und so weiter bis zu Zed, aufgewachsen bei mir, es würde alle kleinen Keime der Freude, die Sie vielleicht in Ihrer Konstitution haben, durchgehen wie Sittin' Bulls Hundebande- Soldaten durch eine Nähbiene alter Damen. Schau mich an! All die Jahre lang hielt mich dieser verfluchte Ehrgeiz in seinen tödlichen Mühsalen fest. Ich habe nie den Klang gesegneter Stille gehört. Problem! Ich habe eine Glatze wie ein Eiskuchen; meine Nerven sind ruiniert. Wenn der Wind im Gras Geräusche wie das Rascheln von Röcken macht, bin ich eine Meile die Strecke hinauf, bevor ich wieder zu Verstand komme, und schwitze kalt und stark wie ein Wasserkühler.

„Ich habe nichts, an das ich mich binden kann, außer an all diese Frauen namens Scraggs, und diese Bindungen habe ich gekappt, indem ich schnell zwischen den Tageslichtreisen herumgereist bin. Ich wünschte, ich könnte Ihnen Mrs. Scraggs vorstellen, wie sie im Gebiet von Utah lebt …" Sie würden eine Macht von Dingen verstehen, die Ihnen im Moment vielleicht etwas unklar erscheinen. Das kann ich jedoch nicht und würde es auch nicht tun, wenn ich für meine Mühen zum Generaldirektor der gesamten Show ernannt würde Ich überlasse die aggregierte Frau Scraggs den Händen der Vorsehung, da sie die einzige Macht ist, die in der Lage ist, mit ihr umzugehen. Dennoch glaube ich weder an ein Jenseits noch an ein Jenseits Nun; ich glaube weder an Osten noch an Westen, weder an Oben noch an Unten, noch an Seitwärts, Längsrichtung, Querrichtung, Oben, Unten oder Mitte. Ich habe meinen Glauben an alles verloren, was einem Menschen in den Weg kommt kann hören, sehen oder berühren, einschließlich allem, was ich ausgelassen habe. Das bin ich, Joe Bush. Er hielt eine Minute inne. „Ärger –" sagte er. „Ärger – ich wünschte, niemand würde dieses Wort noch einmal erwähnen."

„Nun ja, er hat uns schnell fertig gemacht. Niemand in unserer Truppe konnte einer so endlosen Welterfahrung wie dieser standhalten.

„Aber Scraggs war ein Gentleman; er drängte uns nicht, weil wir pleite waren. Tatsächlich wurde er, nachdem er jetzt zu Wort gekommen war, deutlich lockerer und hin und wieder lächelte er sogar."

„Dann kommt zu uns das Seltsamste in diesem ganzen Kuriositätenladen einer Ranch. Sein Name war Alexander Fulton. Ich schätze, Aleck war nach dem Almanach etwa einundzwanzig, und nach der Art, wie man sich einen Mann vorstellt, ist er zwischen drei und neunzig. Aleck war *im Stehen* 1,80 Meter groß , aber wenn man das Maßband entlang seiner Kurven laufen ließ, war er etwa 1,90 Meter groß.

„Er wog einhundertzwanzig Pfund, davon entfielen fünfundzwanzig auf den Kopf und fünfzig auf die Füße. Füße! Solche Füße hat man noch nie gesehen. Es waren die großartigsten Füße, die jemals ein Mann trug; lang und hoch und breit und so weiter." Chawley sagte, dass Alexander einen Grundriss für eine Kompanie von Nigger-Soldaten hatte, und sie erinnerten mich an den schwingenden Jigger in einer Uhr. Als Aleck eine Flosse legte Auf dem Rücken eines Cayuses könnte man meinen, dass das Lebewesen zugedeckt war. Und dann war da noch sein Adamsapfel – er hatte so viele Besonderheiten, dass es schwierig ist, den Überblick darüber zu behalten, dass Aleck etwa dreißig Zentimeter in die Luft ragte . In der Mitte dieses Halses befand sich ein Adamsapfel, auf den jeder Mann stolz sein könnte.

„Seine Gesichtsfarbe bestand aus Sommersprossen; als man mit ihm sprach, errötete er plötzlich, und dann sah er auf der ganzen Welt aus wie ein stürmischer Sonnenuntergang. Seine Augen waren weiß, ebenso sein Haar, und auch der arme alte Aleck – so weiß wie ein …" Er war ein Kind, wie es heißt, und, jenseits aller Vermutungen, das Schlimmste – nicht in Bezug auf die Dinge, sondern in Bezug auf die Menschen, war eine Geschichte für sich. Er war von der Liebe enttäuscht – er *musste* es tun Ein Blick auf ihn und du weißt warum. Also segelte er in den wilden Westen, wo er ungefähr so nützlich war wie ein gestutztes Nachthemd. Wir standen immer zwischen Aleck und dem alten Mann. Ich würde einmal von fünf möglichen Punkten geradeaus machen.

[Illustration: Er war von der Liebe enttäuscht – das *musste er* sein.]

„Zuerst war er still; dann fand er sich in einer vertraulichen Menschenmenge wieder und wollte uns sofort seine Probleme mitteilen, sodass er uns alles darüber erzählte. Er hatte anscheinend nie mehr mit dem Mädchen gesprochen." n zu sagen: „Wie geht es Ihnen, Ma'am" und errötete, setzte sich auf seinen Hut und machte seltsame Bewegungen mit Händen und Füßen, aber da kam ein anderer Kerl, und Alexander gab auf.

„„Du bist entkommen?' sagt Scraggs. „Gestatten Sie mir, Ihnen zu gratulieren, Sir!" Und er ergriff so viel wie möglich von Alecks rechtem Flügel und schüttelte ihn heftig. sagt er, „wie anders ist die Geschichte, die ich zu erzählen habe."

„„Aber ich wollte nicht weg!' stottert Alexander.

„„Wollte ich nicht?' schreit Scraggs und lässt die Pfeife aus seinem Mund fallen. Dann dreht er sich zu mir um, tippt sich mit dem Finger an die Stirn und wirft einen mitleidigen Blick auf Aleck.

„Im Laufe der Zeit ging es Aleck immer schlechter. Er hatte einen Anfall von zunehmender Zuneigung, die sein Gewicht auf 40 Pfund reduzierte. Wenn er sich auf diesem Tempo beließ, konnte man Bleistift und Papier nehmen und auf die Minute genau berechnen, wann Alexander Fulton war." wurde gebucht, um die große Kluft zu überwinden. Und wir mochten den Jungen trotz seiner großartigen Füße, seiner Gemütlichkeit und seiner Daumen-Händigkeit Junge wie Aleck, ich habe dafür gestimmt, dass die Ehe gescheitert ist und alles verloren gegangen ist, die Ehre und alles. Wahrscheinlich war es eher so, als wäre er ein Hündchen oder ein anderes kleines Lebewesen, das nicht für sich selbst sorgen konnte. Wie dem auch sei, wir haben uns über die Sache aufgeregt und ausführlich darüber gesprochen, als er außer Hörweite war. Es hatte keinen Sinn, Aleck dazu zu bringen, zurückzugehen und sich mit dem Mädchen auseinanderzusetzen. Bei dem Gedanken daran blieb mir nichts anderes übrig, als das Mädchen zu Aleck zu bringen. Sehen Sie, wir dachten, wenn wir der jungen Frau sagen würden, dass es sich um einen anständigen, ehrlichen Mann handelte, beeilten wir uns mit dem Rest der Beschreibung die Liebe zu ihr verflüchtigte sich, um sie zu überreden, herauszukommen und ihn zu heiraten. Wir würden unseren Partner sowieso nicht ohne Mühe davonkommen lassen. Wir konnten nichts anderes tun, als es zu versuchen. Dann kommt das Problem, wer die richtige Partei ist, um als Bote zu fungieren. Der Rest von uns entschied, ohne ihn dadurch zu belästigen, dass wir ihn ins Vertrauen zogen, dass Scraggs der richtige Mann sei, denn wenn er Frauen und ihre Wege nicht kannte, gehörte das Thema zu den verlorenen Künsten.

„Aber, Mann! Ist er nicht r'ar, als wir es ihm gesagt haben!"

„„ICH gehe einer Frau nach!' sagt er. „ *ICH* !!! – Nimm noch einen Drink!" Aber wir haben mit ihm zusammengearbeitet. Wir erzählten ihm, was für eine schreckliche Zeit er hinter sich hatte – davon hörte er immer gerne –

und dass es niemanden gab, der in der Lage war, sich um seine Vernachlässigung in dem kleinen Ehespiel zu kümmern – und was das für einen Nutzen hatte einen Mann zu schicken, der am ersten Zaun brechen würde? Wenn wir das tun würden, wollten wir es tun und so weiter und so fort, bis wir ihn gesattelt und gezäumt hatten und in der Ecke des Pferches standen so friedlich wie das Denkmal eines Soldaten, denn er war der herzensgute alte Fluch unter seiner Haut, der je gelebt hat.

„'Alles klar', sagt er. ,Ich werde es tun, und wenn ich Dreck hebe, heißt es ,Komm da, Eli!'. Der arme alte Aleck ist so gut wie verheiratet, und der Herr sei gnädig mit seiner Seele! Aber es gibt sie Eines möchte ich sagen: Ich leite den Job, und ich führe ihn auf meine eigene Art und Weise, ich möchte danach weder Einmischung noch Gespräche – verstanden?

„Das war es. Er sollte loslassen.

„'In Ordnung', sagt er. ,Armer Aleck!' Also nahm EGW Scraggs in dieser Nacht seinen Cayuse und machte sich auf den Weg zum Bahnhof in Richtung Osten.

„Aleck hatte uns alle Einzelheiten mitgeteilt. Wir wussten alles über seine kleine Stadt und insbesondere über dieses Haus; wie die Prunkwinden über der hinteren Veranda wuchsen und auf den Garten hinausgingen, und wo die Zisterne war, mit der … Aleck hatte das übliche Glück gehabt, als sie ihm eine neue Tarnung gaben. Jawohl, wir kannten die kleine Stadt in East Dakota so gut, als wären wir dort aufgewachsen das Mädchen. Ich schwöre, ich glaube nicht, dass Aleck ihr jemals direkt ins Gesicht geschaut hat. Sie war mittelgroß, rundlich, hatte blaue Augen und braunes Haar, und damit endete die Beschreibung.

„Bevor EGW auftauchte, litten wir ziemlich unter Ungeduld. Wissen Sie, es passiert nicht so viel, was anderen Leuten auf einer Ranch passiert, und wir haben uns wirklich mehr auf Aleck und sein Mädchen gefreut, als es ein Zärtlichkeitsgefühl wäre." eine Schießerei, und aus dem gleichen Grund war sie ungewöhnlich.

„Scraggsy hielt uns nicht auf dem ängstlichen Sitz. Er war das Sicherste, was ich je gesehen habe. Ich habe ihm oft dabei zugeschaut, wie er ein Lebewesen fesselte; er wirbelte sein Seil nie herum, nicht einmal beim Reiten – es schnappte immer. Und er machte nie ein schnelles Immer wenn er das Seil losließ, war sein Fleisch das Einzige, was EGW Scraggs tat Dieser Ehrgeiz machte ihn kaputt. Als er zum Spaß über die Rennstrecke trottete, konnte ihn vor lauter Staub niemand sehen.

„Eines Abends gegen halb acht, als das Glühen noch stark war, kam Scraggs pünktlich zum Fahrplan. Er fuhr und ein Buggy zog hinter ihm her.

„Wir jagten Aleck zum Haupthaus, wo der alte Mann, der bei dem Stück eingesprungen war, ihn beschäftigen sollte, bis er gerufen wurde.

„Dann zieht EGW und der Buggy hoch. Im Buggy waren eine junge Frau und ein Mann.

„‚Hier sind wir‘, sagt Scraggs im Tonfall von jemandem, der seine schmerzliche Pflicht erfüllt hat. ‚Überprüfen Sie die Truppe – ein Mädchen und ein Spleißer – haben Sie Aleck im Auge behalten?‘

„‚Ja‘, sage ich. ‚Wir haben ihn – kommt rein, Leute.‘ Ich war verrückt, als ich hörte, wie er es geschafft hatte. Als sie hereinkamen, schleppte ich ihn in die Ecke und überließ es den anderen Jungs, die Gäste zu begrüßen. „Erzähl mir davon“, sage ich.

„‚Kurzgeschichte‘, sagt er. ‚Als ich aus dem Tschi-Tschi ausstieg, entdeckte ich das Haus – ich konnte es nicht verwechseln. Tagsüber versteckt und erkundet, sobald die Nacht kam. Das Mädchen geht zur Scheune hinunter und kommt mit einem Eimer Milch zurück. Ich packe sie und lege meine Hand auf ihren Mund, damit sie nicht schreien kann. Wenn ich dich gehen lasse, gehst du ins Haus und holst dir die Klamotten, die gerade zur Hand sind, und du wirst diese Ranch pünktlich um Viertel nach elf verwüsten, damit wir den nächsten Zug nach Westen nehmen können. Wenn du nicht da bist oder wenn du ein einziges Wort zu einem Menschen sagst – siehst du das? „Dann legte ich die Ohren zurück und verdrehte die Augen. Nun, Sir, sie war schüchtern, also wusste sie nichts anderes als das, was ich sagte. Ich hasste es, eine Dame so zu behandeln, aber wenn ich es getan hätte Ich habe etwas über den Umgang mit der Sekte gelernt: Da habe ich früher meinen Fehler gemacht und bin zum Deppo zurückgekehrt Ich wusste, dass ich Gesellschaft bekommen würde, und tatsächlich kam unsere Freundin ungefähr drei Minuten vor der Zugzeit. Als ich sie sicher an Bord brachte, sagte ich ihr, dass ihr nicht viel Schlimmeres passieren könnte als Aleck zu heiraten, und sie sagt „Ja, Sir“, und sie sagte immer wieder „Ja, Sir“, zu allem, was ich ihr gesagt habe. – Ich wünschte, ich hätte so einen finden können, statt achtzig von denen, die bereit standen, mir herunterzuspringen Als ich den Mund öffnete, hatte sie sofort einen Halsschlag. – Sie erzählte mir, dass es ihr mittelmäßig schwergefallen sei und dass ihr eine Veränderung nichts ausmache. Das hat mich ein wenig überrascht, denn aus Alecks Rede konnte ich schließen, dass sie ein aufrichtiges Tier war – aber, pshaw! Aleck würde denken, dass ein Wurm ein freches Ding sei, wenn er sich in seine Richtung winde. Dann telegrafierte ich Con Foster, er solle mir einen Kinderwagen und einen Geistlichen für den Drei-Uhr-Zug bereithalten und sein Gejammer im Zaum halten. Sobald ich also wieder an Land kam, war die Anlage fertig; Wir sprangen hinein und fingen sofort und schnell an zu kommen, und hier sind wir; Dafür danke ich, und alle Flüche der mormonischen Götter lägen auf dem Kopf des Mannes, der mich wieder in ein solches Theaterstück verwickelt! Schlängel den alten Aleck raus und erledige das Elend. Dieser Pfarrer verlangt von mir fünfzig Cent pro Stunde, und ich weiß nicht, ob er der Echte ist oder nicht. Con flüsterte mir ins Ohr, dass er in einem Lebensmittelgeschäft arbeitete, als er zum ersten Mal in die Stadt kam, Stud-Poker für Johnny Early austeilte, damit aufhörte und als Lehrer an der Schule arbeitete, dann aber das Ganze aufgab und predigte. Aber was ist der Unterschied hier draußen? Er ist sowieso teuer und alles, was Con finden konnte.'

„Also wedelte ich mit den Beinen zum Haus und trabte Aleck zum Bullpen.

„Freund von dir‘, sagte ich ihm.

'"Das ist so?' sagt er. „Wer ist es?“

„‚Lady‘, sage ich irgendwie fröhlich und denke, er würde sich freuen.

„Er blieb stehen. Dann fiel mir wieder ein, mit wem ich gesprochen hatte.“

„‚Kommt hierher, jetzt!‘ Sagte ich und nagelte ihn am Hals fest. „Du wirst dein Glück nicht vermissen, wenn die ganze Kraft es dir geben kann.“ Seine Zehen berührten ungefähr einmal die Rute. Ich ließ ihn in den Pferch laufen.

„‚Da‘, sage ich, ‚ist jemand, den du kennst.‘

„Nun, Sir, der alte Aleck schaute das Mädchen an, und das Mädchen sah Aleck an, und der Rest von uns sah sich gegenseitig an. Bald stockte dem Jungen der Atem, als er vor Schreck brüllte: „Ich habe diese Dame noch nie zuvor gesehen.“ !'

„Oh, Hivins, Maria! Das war die schrecklichste Minute, die ich je erlebt habe. Armer alter EGWS! Wir alle wandten uns aus Mitleid von ihm ab. Er hatte den Gesichtsausdruck eines Mannes, der in ein dreißig Meter tiefes Bohrloch gefallen ist Er wurde vom Blitz getroffen, bevor er den Boden berührte, und schluchzte und schluchzte, unfähig zu zwitschern.

„Endlich sammelte er sich. ‚Du willst mir sagen, Aleck‘, sagt er mit einer Stimme, die kaum stark genug ist, um durch seinen Schnurrbart zu dringen, ‚dass ich einen Fehler gemacht habe?‘

„Aleck war immer bereit zu glauben, dass er falsch lag. ‚Ich bin mir *ziemlich* sicher, Zeke – ich habe Sie noch nie gesehen, oder, Miss?‘

„‚Nein, Sir – nicht, dass ich es wüsste‘, antwortet das Mädchen, den Blick auf den Boden gerichtet.

„EGW rieb sich die Stirn.

„„Wirst du es trotzdem gut machen, Aleck?' „Ich habe den Minister und alles ist in Ordnung – es wird keine Minute dauern."

„Ich habe Aleck vor Aufregung losgelassen. Bei diesen Worten machte er einen Schritt von der Stelle, an der er im Haus stand, durch das Fenster bis drei Meter ins Freie, und noch ein paar weitere Schritte, und schon war er draußen." der Frage.

„Dann legte das Mädchen ihr Gesicht in ihre Hände und fing an zu weinen. Sie war ein mächtig hübsches, unschuldiges, rundliches kleines Ding, und wir hätten fast alles lieber gehabt, als dass sie da stehen und weinen würde. Aber wir wurden alle gehängt." Das einfache Leben des Kuhhirten ist nicht geeignet, sich mit solchen Problemen auseinanderzusetzen.

„Dann, Sir, erhebt sich Ezekiel George Washington Scraggs, Herr über sich selbst und die Situation.

„Junge Dame', sagt er, ,ich habe Sie unter Vorspiegelung falscher Tatsachen hierher gebracht. Ich bin so heimelig wie ein Heckenzaun, und meine Vergangenheit ist übersät mit Ehen, die schlimmer sind als ein Pache-Ausbruch mit Leichen und brennenden Häusern. I Es gibt keinen Vorschlag, sich an ein nettes Mädchen wie dich zu binden, und ich schwöre bei meiner Ehre, dass nichts weiter von meinen Gedanken entfernt war als die Ehe – das bedeutet keine Verunglimpfung dir gegenüber, denn wenn ich dich schon einmal gefunden hätte, Ich hätte ein glücklicher Mann sein können – nun, hier stehe ich: Wenn du mich heiraten willst, sag das Wort!' Bei Donnerschlag jubelten wir ihm zu, dass die Decke erbebte. Du kannst lachen, wenn du willst, aber es war eine edle Tat.

„Das Mädchen streckte ihre linke Hand aus – also hilf mir, Moses! Sie mochte ihn! Ich warf einen vorsichtigen Blick auf den alten Scraggsy, in diesem neuen Licht, und ich möchte dir sagen, dass in diesem langen, schlanken Gesicht etwas ganz Feines war." von ihm, und als er die Hand des Mädchens nahm, sah er aus wie ein Gentleman.

„Man würde nicht glauben, dass das Halten einer Waffe an den Kopf und die Drohung, ihr das Gehirn herauszublasen, genau die Berührung ist, die das Herz einer Jungfrau vor einem Mann zum Zittern bringen würde, aber wenn eine Frau auf dich steht, dann auf deine Gewohnheiten und Bräuche, Manieren und Moral, Veranlagung, persönliches Erscheinungsbild, finanzielle Lage und Art und Weise, Dinge zu tun, sind im Allgemeinen nur eine kleine Detailsache.

„Wie soll das rechtlich geregelt werden?' EGW fragte den Minister.

„Der Pfarrer war ein fröhlicher, praktisch veranlagter Bursche, der bereit war, alles zu unterstützen, was den holprigen Weg des Lebens ebnen würde.

„„Verzichten Sie auf die Mormonenreligion?' er fragt.

„„Wetten Sie Ihr Leben', sagt Scraggs. ‚Und all seine Werke.'

„„Damit ist die Sache geklärt', sagt der Minister. ‚Außerdem glaube ich nicht, dass irgendjemand hierherkommen wird, um Ärger zu machen – wann immer Sie das Wort sagen.'

„„Moment mal', sagt Scraggs und dreht sich sehr sanft zu dem Mädchen um. ‚Tust du das aus freien Stücken und nicht, weil ich dich hier rausgeschleppt habe?'

„„Ja, Sir', sagt sie.

„„Du willst mich, so wie ich stehe?'

"'Jawohl.'

„„Keno. Ich werde es nicht vergessen.' Dann legte er seine Hand auf ihren Kopf, nahm seinen Hut ab und hob sein Gesicht. Er betet: „Sie wissen, was für eine miserable Zeit ich zuvor in dieser Linie hatte. Ich gebe zu, dass es neun Zehntel meine Schuld waren, aber jetzt fordere ich ein ehrliches Deck und die Hände, die über dem Tisch gespielt werden, damit ich mich anständig benehme." um dieses netten kleinen Mädchens willen.' Dann zog er ein Zwanzig-Dollar-Goldstück aus seiner Tasche und warf sie vor dem Pfarrer nieder. „Schieß!", sagt er.

„Nun ja, der alte Scraggs – ich sage ‚alt', aber der Mann war nicht älter als vierzig – feierte seine einundachtzigste Hochzeit in diesem alten Bullenstall, und sie lebten so glücklich bis ans Ende ihrer Tage wie in jedem Märchenbuch. Das ist umwerfend Allgemeine Prinzipien Wahrscheinlich lag es daran, dass kein Mann jemals weißer behandelt wurde, als sie ihn behandelte, und keine Frau jemals weißer behandelt wurde, als er sie behandelte. Er hatte die Gabe, furchtbar gut und liebevoll zu ihr zu sein, ohne dumm zu sein Ich werde es erzählen, und er hatte eine Menge von der anderen Seite erlebt.

„Und was denkst du jetzt über Aleck? Der Schrecken, den wir ihm in dieser Nacht eingejagt haben, führte dazu, dass er über das andere Mädchen jammerte und trauerte. Danach hat er kein einziges Mal gepiepst, sondern wurde fett und kräftig, und als ich das verließ Ranch, die er zu einer Witwe mit vier Kindern machte, so dreist wie Blech. Schließlich gab es in EG W mehr Poesie als in Aleck.

II

IN DEN MÜHLEN

Mr. Ezekiel George Washington Scraggs, gestorben in Missouri, später in Utah und zuletzt in North Dakota, war ohne Schuhe gerade einmal 1,80 Meter groß. Er wirkte dürr, fast abgemagert, was durch keinerlei anatomische Tatsachen bestätigt wurde. Wir machen unsere voreiligen Schätzungen vom Gesicht aus. Das Gesicht von Bruder Scraggs war hager. Das Unglück hatte dort mit großer, eckiger Hand geschrieben: „Es hätte sein können" – diese traurigsten Worte der Zunge oder der Feder. Der nachdenkliche Kummer in EGWs Gesichtsausdruck hatte viele Menschen in die Irre geführt – nicht, weil der Kummer echt genug war (Scraggsy erklärte es in vier Worten: „Ich war ein Mormone"), sondern der Ausdruck eines verdorbenen, hilflosen Jugendlichen, der bis in die frühen Jahre getragen wurde Das Alter war nur ein Schein. Ich meine, es war nichts, worauf man sich im Umgang mit Zeke verlassen konnte. Dennoch, wenn Sie diese Augen sehen könnten, getrübt von einer ruhigen Melancholie; diese Schnurrbärte, die, alle kapillaren Möglichkeiten seines Kopfes absorbierend, wie Trauerweiden von seiner Oberlippe herabhingen; und darüber die monumentale Nase – dieser vorspringende Bug, der einst so großartig die Wellen widriger Umstände teilte, bis seine Barke, von den Winden des Ehrgeizes verweht, ruiniert an den Ufern der Ehe lag – man würde dem Mann, der das getan hat, nicht so sehr die Schuld geben verwechselte EG Washington Scraggs mit etwas, das nicht allzu schwierig war. Red Saunders sagte, dass Scraggsy wie eine verlassene Hoffnung aussehe, die im Nebel versunken sei, aber wenn man daraus Profit schlägt, ist das höchst erstaunlich. Im Allgemeinen war er ein Mann mit wenigen Worten, der gelegentlich seinen Stuhl zurückkippte, den Stiel seiner Maiskolbenpfeife auf Kosten eines Zahns in eine von der Natur geschaffene Öffnung steckte und uns davon erzählte.

[Illustration: „Scraggsy sah aus wie eine verlassene Hoffnung, verloren im Nebel."]

„Warum können die Leute nicht ehrlich sein?" sagte Mr. Scraggs – *Schweigen*!

„Charley!" rief Red vorwurfsvoll, „warum sagst du es nicht dem Herrn?"

"Nein nein Nein!" antwortete Charley. „Du bist älter als ich, Red – das erklärst du."

„Nun", sagte Red, „ich nehme an, dass der Verlust ihrer Haare sie irgendwie entmutigt."

„Mir wäre es lieber", dachte Mr. Scraggs, „ich hätte lieber auf meinem Kopf ein glattes weißes Dokument eines gut verbrachten Lebens getragen, als durch das Land zu schlendern wie das Feuer von Chicago, und ich." wiederholen: Warum können Menschen nicht ehrlich sein?"

„Ich fange an, jemanden sehr zu bemitleiden", sagte Red. „Hast du ihn barfuß nach Hause geschickt?"

"Du machst weiter!" erwiderte Herr Scraggs. „Ich fiel einst in die Hände der Filly-Steins, und sie hinterließen überall auf mir die Spur der Schlange. Ich rannte in den Tempel der falschen Zwillingsgötter Mammon und Gammon, und ich stand da, um einen Sack zu ziehen. Tuch und eine Wagenladung von vier Maultieren Asche.

„Sind sie so nah dran, wie du jetzt dran bist?" sagte Charley. „Und was hast du für die Asche bekommen?"

„Das Stück ist so entstanden", sagte Scraggs. „Nachdem ich zum achtzehnten Mal den ehrenvollen Namen Scraggs einer Person verliehen hatte, die es nicht zu schätzen wusste, hielt es die Mormonenkirche für angebracht, ein paar Pflichten von mir zu übernehmen. Ich wurde in eine wichtige Position in einem kleinen Distrikt versetzt, in dem … Und trotzdem war ich nicht glücklich: Die Kojoten versammelten sich nachts in meinem kleinen Garten und sangen mir Lieder aus dem Geistertanz vor Ein verwirrter Trick für mich, den sich ein Mann ausdenken kann, der seinen Schnurrbart auf dem Rücken trägt, und Tag und Nacht teilte mir Mrs. Scraggs mit, was ich tun würde.

„Ich habe versucht, zur Abwechslung ein kleines freundschaftliches Gespräch mit den Chinks anzufangen, aber es hat nichts genützt. Ein Chinese wird für fünf Cent ein Mormone oder ein Demokrat oder ein Kannibale oder irgendein anderes verdammtes Ding sein, Sechzig Tage nach dem Date. Er hat keine natürlicheren Überzeugungen als ein Wels aus dem Missouri. Sie würden mir nur ins Auge sehen, damit sie mir zustimmen könnten Fange einen Streit mit jemandem an, den ich zurückweisen könnte, denn wenn ich in meinem eigenen Haus, wo ich Herr und Herr war, bemerkte, dass es ein schöner, heller Tag war, schworen alle, dass man seine Hand nicht vor seinem Gesicht sehen konnte, und Ich habe das Thema gleich hier fallen lassen, aber als ich hereinkam, lautete ihr Motto: „Vereint stellen wir ihn auf den Kopf, und uneinig fallen wir ihm um den Hals." Als sie das letzte Mal an einem ruhigen Tag fertig war, konnte man das Knacken meines Halswirbels drei Meilen weit hören.

„Also wurde ich endlich müde. Ich schrieb einen Brief an die Ältesten, in dem ich ihnen mitteilte, dass mir die Arbeit Spaß machte, ich aber dachte, dass es an der Zeit sei, meinen Geist der Selbstaufopferung ein wenig zu trainieren. Würde es ihnen also etwas ausmachen, mich zu geben?" Ein anderer Job? Etwas wie auf einem Brett zu liegen und einen Arzt zu bitten,

Stücke aus mir herauszusägen, um der Wissenschaft zu helfen, und ihn die Stücke loswerden zu lassen, soweit es mich interessiert.

„Die Mormonenkirche kam mir zu Hilfe, indem sie mich auf eine Missionsexpedition in den Staat York schickte. Aber ich war nicht dafür gebaut, verirrte Schafe in die Herde zu führen. Die meisten Schafe riefen ‚Baa!‘ Wenn sie mich sahen und mit beiden Beinen Abstand gewannen, stellte er mir immer unangenehme Fragen wie ein alter Bauer, während ich ihnen die Vorteile erklärte, die es mit sich brachte, so viele Helfer zu haben wie ich Gefährten und häusliche Freuden wie möglich, bricht in mich hinein, indem er meinen Mantel schnappt und so vertraulich fragt, dass ich ihn nicht anlügen konnte: „Wie findest du es selbst?“

„‚Der Herr sei gnädig zu den Narren!‘ sagt ich. „Du hast jetzt *eins* , nicht wahr?“

„‚M ya-a-as‘, sagt er, ohne dass man in seiner Stimme so etwas wie wilde Begeisterung vermuten könnte; ‚I hev.‘

„‚Nun‘, sage ich, ‚multipliziere eins mit achtzehn und lass uns etwas trinken.‘

„‚Ich musste den Ältesten mitteilen, dass die Bücher Mormons in den Randbezirken nicht als beliebte Lektüre angesehen wurden. Sollte ich also nach Hause kommen oder es in New York City versuchen? Sie schicken mir eine Nachricht zurück und wünschen mir … Arbeit, um zu gedeihen, New York City auszuprobieren, aber sie nicht um weitere Gelder zu bitten, bis ich ein oder zwei gerettete Sünder vorweisen konnte. Nun, Sir, diese letzte Klausel hat mich erschüttert ihnen Bauern, um den Handel anzukurbeln und um schicke Kleidung zu kaufen, mehr zum Anschauen als zum Wohlfühlen, mit der Idee, zu zeigen, wie gut die Kirche Mormonen auf den ersten Blick war. Und jetzt , nachdem ich mein Bahnticket nach Hause verschoben hatte, war ich keineswegs reich, aber ich wusste, dass die Stadt New York ein viel teurerer Ort war als St. Looey Schreibe einen Brief zurück und erzähle ihnen, dass ich Saatgut ausgestreut habe, sodass man kaum etwas von der anderen Straßenseite sehen konnte. Es gab keine Hoffnung auf eine Ernte, es sei denn, ich hätte mehr einfaches Saatgut – bitte überweisen Sie es.

„Und dann kommen sie zu mir zurück und sagen, ich hätte die Gemeinde bereits etwa vierhundertfünfzig Dollar gekostet und nicht einmal einen Holländer, was die Ergebnisse angeht. Dass ich das verstehen würde, wurde nicht im Sinne eines Söldners gesagt, aber nur aus geschäftlichen Gründen würden sie eine Gebetsversammlung abhalten, sagten sie, die zweifellos das angestrebte Ziel bringen würde und es mir ermöglichen würde, stark im Glauben hervorzugehen und sie vom Wegrand zu sammeln .

„Ich habe noch einmal gesagt, dass ich stark im Glauben sei, aber schwach in der Tasche; dass Sünder in einer großen Stadt wie New York kostspieliger

Luxus seien. Wie sollte ich den Propheten spielen und den Mann abwehren?" mein Board?

„Elder Stimmins schrieb eindringlich zurück, ermahnte mich, guten Herzens zu sein, und sagte weiter, dass die Tage der Wunder noch nicht vorbei seien; der Reuelose könnte es jeden Moment ins Gewissen bekommen – und unterzeichnete sich als mein Freund und Bruder Kirche, mit einer PS-Aufschrift:

Lieber Zeke : Meine Frau Susan Ann wird so lange hart arbeiten müssen, bis ich eine große Rente habe. Mary ist auf der Suche nach einer winzigen Neklas, und meine gläubige Ehefrau Eliza (das ist die Karuthaarige, die unten am Fluss lebt) wird eine Summe in mein Essen stecken, wenn sie keine Golduhr und Chane bekommt. Tomlinsons erste drei Ar Rasin' Ned für neue Häuser, Vorspeisen und Kerige und dergleichen. Der Neue ist freundlicher, schreit aber lautstark. Das Neueste von Onkel Peter Haskins ist mit einem Seleskin-Sak auf dem Kriegspfad und so weiter und so weiter. Du weißt, wie es dir geht, lieber Freund und Bruder, und wir sind pleite, also fordere ich dich auf, deinen Mut und deinen Glauben beizubehalten und auf die Suche nach einem Pokerspiel zu gehen, weil wir ehrlich gesagt nicht das Geld haben .

SAUL STIMMINS.

"'Also!' sagt der Koch, als er das Ei in den Kaffee wirft, „das ist die Sache!" Und das beruhigte mich. Wenn es irgendjemanden im Utah-Territorium gab, der wusste, wie es mir ging, dann waren ich und er ein und dieselbe Person.

„Ich dachte an Mrs. Scraggs da draußen, ganz allein, mit ihrem Liebling Zeke, völlig außer Reichweite, und obwohl ich nicht die Idee empfehle, sich durch Schadenfreude über das Unglück anderer zu vergnügen, denke ich Folgendes Hier könnte die Lage noch schlimmer sein, und ich bin stark im Glauben nach New York City aufgebrochen, mit dem Gefühl, dass dort eine schnelle Aktion stattfinden könnte, wie Bruder Stimmins es prophezeit hat.

„Und dort, sehen Sie, hat mich ein sündiges Gefühl in mir dem Feind übergeben, an Händen und Füßen gefesselt, geknebelt und mit verbundenen Augen. Wer war ich, dass ich mich vor den klugen jungen Männern von New York City erheben konnte? Wie kommt es? Die törichte Vorstellung, dass ich, wie einst Simson, auf den Gegner fallen könnte, Hüfte, Hurra und Schenkel, und aus den Überresten, die übrig geblieben sind, geht der Stolz vor der Zerstörung und ein böser Geist vor dem Fall Ich schlenderte in mein Hotelzimmer, um nach Ressourcen zu suchen. Im doppelten Boden des Kofferraums befanden sich eine Handtasche, die aussah, als wäre das Rad des Fortschritts darüber hinweggefahren – das war alles. Diese Nuggets waren der Stolz meines Lebens, aber ich kam ihnen schrecklich nahe. Und doch hätte dieser Chink für ein Bild von Adam gestanden Bevor Eve einen

Schatten auf seine männliche Stirn warf, kann ich mich an nichts erinnern, was trügerischer wäre als der Schein, aber was zum Teufel ist ein Mann? Nun, diese Nuggets sagten zu mir: „Junger Mann, pass auf!" Seien Sie vorsichtiger als John H. Devilkins selbst! Alles, was schwer und laut ist, ist nicht Gold. Manchmal fertigt ein geduldiger Chinese, der die Fliegen mit seinem Zopf schlägt, fleißig nach Plan aus gewöhnlichem, gewöhnlichem Blei, und indem er die Kunst des Vergoldens übt, peitscht er Leute namens Scraggs fast mit der Peitsche. Wenn ja, wäre es nicht ihr Gartenengel gewesen, der sie dazu bewegt hätte, eine Probe mit der Messerschneide zu probieren.

„Wurde ich gewarnt? Naja, ich weiß nicht, jedenfalls bin ich auf die Straße getrottet, um zu sehen, was dieses Geschäft hier in Metropolus anders zu bieten hat als einfach nur St. Looey.

„Und ich habe es herausgefunden. Liebe Freunde und Brüder, ich frage mich, ob ihr jemals einen Mann gesehen habt, der nach einer Spielkarte greift, die ausgestreckt vor ihm auf dem Tisch liegt, als sein letzter Chip auf dem Stapel liegt, sein letzter Ein Cent auf dem Chip, alle Arten von Rechnungen werden morgen fällig, das Haus schließt in fünfzehn Minuten und ich hoffe, dass die Karte nur ein weiterer kleiner Zweifleck ist. Kennen Sie die Angstfalten auf seinem Gesicht? Nun ja, von all dem Trubel, dem Hüpfen, Fliegen, Schieben, Schleppen, Toben, Reißen, Prügeln und Kratzen, in das ich je geraten bin, war diese Straße nach fünfzehn Minuten die schlimmste, die ich hatte Kein Leben in mir über meinen Füßen, und sie glitten einfach voreinander, ohne jedes Ziel oder Ziel. Ich stand an einer Ecke und riss mir Nebelklumpen aus dem Kopf. In zwei weiteren Minuten hätte ich es geschafft. Ich sehnte mich nach Mrs. Scraggs und Home. Ich verlor jegliche Absicht, den Bewohnern Nahrung zu entlocken, als plötzlich einer dieser flotten, klugen Zippee-Zippee-Zizoo-Ketch-Me-If-You-Kind auftauchte Junge Städter, die Art von Lu-Lu-Joker, die wie ein Blitzexpress durch einen Tunnel durch einen Landsmann fahren und nichts als das Loch und ein wenig Rauch zurücklassen, und er sagt in Eile:

„„Es tut mir leid, Sie warten zu lassen, Mr. Johnson, aber da ich weiß, wie viel es uns beiden bedeutet hat, … Oh, ich bitte um Verzeihung!' sagt er; „Ich habe dich mit einem meiner Freunde verwechselt – nichts für ungut, hoffe ich?"

„Nun, derselbe Mensch hatte einen Suppentopfhut auf, der aussah, als hätte er ihn geliehen, und er trug seine Kleidung, als würde er sie als Versteck benutzen, aber wie konnte ein einfacher Eichelhäher wie ich das bemerken? Ich war allmächtig einsam, Ich sagte ihm auch, dass es überhaupt keine Beleidigung sei. Nun, er entschuldigte sich noch einmal und fing dann an zu lachen, es war so lächerlich, dass er mich mit Johnson verwechselt hatte, dass er es sein ganzes Leben lang gewusst hatte Er sagt: „Ich werde Ihnen sagen, was ich tun werde; wir werden über die Straße gehen und unsere Systeme auf meine Kosten stärken und so jegliche Feindseligkeit ausmerzen." Anstatt also ärgerlich zu sein, habe ich versucht, etwas Feindseligkeit auszumerzen, aber niemand außer ihm wollte es glauben Fremder, der nichts anderes zu tun hat, als mich zu Tode zu hassen, und er hat mich um eine berechtigte Freude gebracht. Aber nein, er sagt, ich könnte ein Fremder sein, oder ich persönlich hätte gedacht, ich hätte eine Zeit lang gelebt in New York City, wenn das so war, wusste ich ganz genau, dass er sich nur an die Sitten des Ortes hielt, und wenn ich ein Fremder *war,* lag es sowieso an ihm, es mir recht zu machen. Also sind wir gewachsen Eine Stufe stärker, ohne Kosten für Utah. Und wir blieben dort, wurden mächtig und auch irgendwie vertraulich, bis er sich schließlich berufen fühlte, sein Geschäft mit diesem Mann zu erklären, zu dem er mich mitnahm Tu es.

„‚Mr. Scraggs', sagt er, ‚es gibt Dinge zwischen Himmel und Erde, von denen man auf Ihrem Veloziped nicht zu träumen wagt, Horatio.'

„‚Ya-a-as', sage ich.

„‚Sh-hh', sagt er, ‚nicht so laut. Hier ist die Chance meines Lebens, aus Mangel an einem Mann aufs Spiel zu gehen. Dieser verdammte Johnson hat seine goldene Show verloren. Das ist eine sehr seltsame Geschichte', sagt er."

.

„‚Ya-a-as', sage ich. Er sah mich eine Minute lang an, aber Herr! Wie konnte ein armer Mormone Verdacht hegen? Also fährt er fort.

„Zuerst", sagt er, „käme man vielleicht auf die Idee, dass in diesen Vorgeschichten etwas Erfreuliches war, aber das ist nicht der Fall. Ich kannte einen Mann, der einst der ehrlichste Mann war, der je gelebt hat. Ehrlich? Warum? Ich kenne diesen Mann, der weinend zu Bett ging, weil er sich so schlecht fühlte, als er erfuhr, dass George Washington dem Feind den Vortritt gelassen hatte. „Ich hätte es nie von George geglaubt, wenn es nicht in dem Buch gestanden hätte", sagt er . Das ist die Art von Mann, die er war — genau wie Sie, Sir, er hat einen ehrlichen Anspruch gegenüber diesen Vereinigten Staaten, weil er mit seiner Farm während des Bürgerkriegs Schaden angerichtet hat Diese hier Vereinigten Staaten, *E Pluribus Unum* , In God We Trust, haben diese Rechnung bezahlt? Minute, Billy", sagt er, „aber denken Sie an die Kongressabgeordneten!" Und der Präsident schüttelt den Kopf und Billy kommt wieder nach Hause. Und von diesem Zeitpunkt an muss er vor seinen Augen seine Frau und seine achtzehn hilflosen Kinder sehen „Direkt vor seinen Augen verhungern, weil er nicht genug zu essen hat — ist das nicht heftig?" sagt er.

„‚Ya-a-as', sage ich.

„„Nun, endlich bekommt dieser Mann einen Job im Finanzministerium; er hat nicht viel eingebracht – gerade genug, um davon zu leben. Er war für die Banknoten verantwortlich, bevor der Minister sie unterzeichnete, um sie wieder in Ordnung zu bringen. Jetzt kommt das ins Spiel Das Merkwürdige daran: Die Handschrift meines Freundes und die des Sekretärs waren sich so ähnlich, dass keiner der beiden Männer sie voneinander unterscheiden konnte. Das bringt meinen Freund auf die Idee, wie man mit Onkel Sam klarkommt Er kaufte Hundert-Dollar-Scheine im Wert von zehntausend Dollar und flog aus dem Stall, um sie nach Belieben zu unterzeichnen und zu entsorgen, um so seinen eigenen Anspruch zu begleichen Er hat sein Gewissen gebissen; die Noten waren gut; er hat viele davon ohne Probleme bestanden, aber er hat mit dem Stück aufgehört, wenn irgendein guter, ehrlicher Mann, wenn auch nicht ganz so ehrlich, einen Dollar verdienen wollte „Er könnte solche Scheine im Wert von zweitausend Dollar für einhundert normales Geld kaufen“, sagt er. „Es ist nicht nur das Gewissen des alten Mannes. Er träumt immer davon, dass Geheimdienstmänner mit Gummistiefeln reinkommen. Ist das nicht eine Gelegenheit?‘

„„Ya-a-as‘, sage ich.

„„Nun‘, sagt er und schaut auf die Uhr, ‚jetzt ist es Zeit für mich zu essen, Mr. Scraggs, und ich habe so viel von Ihrer wertvollen Zeit damit in Anspruch genommen, dass ich das nicht tun könnte „Ich bin selbst ein Börsenmakler“, sagt er, „aber keiner von diesen verdammt reichen Leuten, also wenn Sie es ertragen können, einmal eine Mahlzeit zu sich zu nehmen, die nicht mehr als fünf Dollar kostet, warum, komm mit!‘ sagt er.

„Dann sind wir in eine hochgeputzte Vittel-Apotheke gegangen, das wette ich. Jeemima! Aber sie war aus Gold und weißer Farbe, um einem die Augen auszuhauen. Ich werde dir nie sagen, was ich gegessen habe, aber es war gutes Essen. Und zum Wind.“ Komm, kleine Tassen Kaffee und große Seegars. Dann sagt mein Mann: „Nun, das ist ein Tag in hundert, ich kann dir nicht sagen, wie gut ich mich in dieser Stadt der Sünde fühlen werde.“ gegenüber einem stämmigen Mann wie dir – was sagst du zu einer Flasche Wein?‘

„„Ya-a-as‘, sage ich. Da das Leben so dahinplätscherte, habe ich den gesamten Zeitplan unterstützt.

„Wein ist ein Ärgernis. Das erste kleine Glas davon war noch nicht ausgetrunken, als sie anfing, mich zu ärgern. ‚Ezekiel!‘ sagt sie: „Sei fröhlich; wo ist dein Wildblut? Versuche einen Sturz mit diesem Herrn.“

„„Ya-a-as‘, sage ich zu mir selbst. Und dann sage ich laut und herzlich: ‚Mein Freund, du hast mich richtig ausgenutzt. Es geht nicht darum, dass ich Geld verdienen möchte, sondern nur darum, deinem Freund zu helfen.‘ „Ich habe nicht viel Greenback in meinem Besitz, aber“, sage ich, „wenn Sie bereit sind,

einen Dollar zu arrangieren, bei dem ich achtzehn Unzen Nuggets eintausche
– der aktuelle Marktwert von Chink Creek-Gold beträgt siebzehn." Dollar
und vierzig Cent pro Unze – für zweitausend Dollar aus den Rechnungen
deines Freundes, so steht es hier und vorausgesetzt, dass du sie so
weitergeben kannst, wie du sagst, dass du es zu meiner Zufriedenheit kannst,
nun, ich bin deine kleine Heidelbeere und warte darauf werde ausgewählt.'

„‚Ich habe dich', sagt er, und wir schüttelten uns die Hände. ‚Du gehst in dein
Hotel und bringst den Staub', sagt er, ‚und ich rutsche mit und lasse den alten
Mann die Rechnungen unterschreiben. Ich werde mich treffen Sie an der
Ecke, wo wir uns zuvor getroffen haben.'

„‚Also traf ich ihn an der Ecke und wir gingen die Treppe hinauf in ein
Zimmer, wo ein kleiner alter Mann schnell und wütend Rechnungen
unterschrieb.

„‚Schieb eins raus', sagt mein Freund, ‚bis ich Mr. Scraggs ausschalte und
beweise, dass ich kein Lügner bin.'

„Der alte Mann tupfte sorgfältig ein Hundert-Dollar-Grün ab, und wir
gingen zu einer Bank. Es war eine echte Bank. Draußen stand der Name in
großen Buchstaben und drinnen war der Mann namens ‚Kassierer', der einem
nichts sagen wollte." ' und sieht aus, als würde er Sie hassen, wie es alle guten
Banken tun.

„‚Fünfer und Zehner dafür bitte', sagt mein Freund. Der Kassierer hat nie
aufgehört, an seine Dyspepsie zu denken, sondern hat das Zeug direkt über
den Ladentisch geworfen.

„'Wie ist das?' sagt mein Freund, als wir draußen waren.

„‚In Ordnung', sage ich. ‚Und hier ist meine Beute.' Ich ließ ihn die Tasche
heben.

„‚Schwerer LKW, nicht wahr?' sagte er. „Aber wir können das Gewicht
immer aushalten, nicht wahr?" Er hat sich eines dieser glitzernden
chinesischen Kunstwerke ausgesucht und war wirklich begeistert davon.
„Ja", sagt er, „das ist sicher eine schöne Sache."

„Oben hatte der alte Herr das Geld für mich zum Zählen bereit.

„'Richtig?' sagt er.

„‚Ya-a-as', sage ich.

„‚Nun, ich werde sie für dich in einem ordentlichen Bündel
zusammenpacken', sagt er. Als das erledigt war, übergab ich mein kostbares
Gold.

„,Jetzt komm her und trink einen letzten Schluck Zufriedenheit', sagt mein Freund. Ich drehte mich zum Tisch und trank mein letztes Stärkungsmittel auf seine Kosten.

„,Hier sind Sie, Sir', sagt der kleine alte Mann und reicht mir mein Paket. ,Und ich bin Ihnen sehr dankbar; denken Sie nur daran: Es geht um Geheimdienstmänner. Öffnen Sie sie nicht, bis Sie sicher in Ihrem sind Zimmer – denken Sie daran! Guten Tag.'

„Ich gehe die Stufen hinunter, Mist, Mist. Aber als ich die Straße erreichte, begann ich mich zu fragen, ob ich nicht einfach mal schauen sollte, was diese Kerle als nächstes tun würden – es kann nicht schaden, weiterzumachen So viele Stadtwege wie möglich – also versteckte ich mich unter der Treppe, bis sie herauskamen, blickte scharf hierhin und dorthin, vermisste aber Ezekiel George Washington.

„Die Straße hinauf hüpfen sie; ich hinter ihnen her, bald könnte ich in Sicherheit sein. Um die Ecke gehen sie. Ich auch. Und dann tänzeln sie in einen lustigen Laden. Hier dachte ich, ich würde draußen bleiben.

„Nach einigem Reden reicht mein Freund einen großen Brocken über die Theke. Der Joolryman bohrt ihn mit einer Feile hinein und gibt ihn zurück. Man sieht nie ein Gesicht, das verärgerter ist als seins. Dann brach eine Art Streit aus. Die Arme winken; der Joolryman krächzt fast jedes Stück auf dem Haufen. Mit jedem Durchgang fegt er das ganze Geschäft zurück in die Tasche, wirft es ihnen zu und deutet sie an kann jederzeit gehen.

„Sie gingen. Ich habe noch nie in meinem Leben eine solche Sprache gehört! Das war in einer großen Stadt nicht erlaubt. Dieser Freund von mir warf die Tüte mit den Nuggets in den Rinnstein und hob die Hände, und genauso Sicher, während ich hier sitze und euch davon erzähle, Freunde und Brüder, hielt er eine fünfminütige Rede zum 4. Juli und wiederholte sich nicht ein einziges Mal, ich würde in seiner aufgeregten Stimmung nicht in seine Nähe kommen! es könnte zu Ärger führen. Der kleine alte Mann schleppte ihn schließlich weg.

„Ich habe diese armen, misshandelten Schätze in der Gosse aufgesammelt, um der alten Bekanntschaft willen. Und da ich vermutete, dass es sich wahrscheinlich nicht lohnen würde, zu warten, bis ich im Hotel ankam, um mein Preispaket zu probieren, öffnete ich sie am Stelle.

„Nun ja, reden hat keinen Sinn. Diese Kerle waren zwei Schurken. Anstelle von allem, was wie Geld aussah, roch oder klang, befanden sich in diesem Paket nichts weiter als eine Menge in Streifen geschnittene Zeitungen mit einer Notiz oben drauf Von denen, die diese beleidigenden Worte tragen:

„, *Jede Minute wird ein Idiot geboren* .'

„Dann zählte ich an meinen Fingern vierzehn Drinks und ein Fünf-Dollar-Abendessen ab und sagte mir:

„„Ya-a-as‘, sage ich, ‚ich glaube nicht, aber das stimmt.‘“

III

ST. NICHOLAS SCRAGGS

„Ich habe einiges gelesen", sagte Mr. Scraggs, „dass ein Mann, dessen Name für ihn um Längen wichtiger war als für mich, denn ich habe ihn völlig vergessen, gesagt hat, dass er nie etwas angefangen hat, es sei denn." Er konnte das Ende sehen.

„Die Familie seiner Frau muss Immobilien besessen haben", vermutete Red Saunders.

„Er hat nicht angegeben, welches Ende es ist", entschuldigte sich Herr Scraggs. „Vielleicht war es das vordere Ende, das er meinte; dann lautete das Sprichwort: „Er hat nie etwas begonnen", es sei denn, er konnte den Anfang davon sehen; was eine weise und nachdenkliche Aussage ist, denn wäre es anders und daher wesentlich anders gewesen, warum, wie konnte er?"

„Natürlich nicht", stimmte Red zu.

„Ich nehme an", sagte der Besucher, „dass du meinst, was du sagst, und verstehst, was du meinst, aber d--d, wenn ich es tue. Gibt es in diesem Spiel eine rechte oder linke Laube?"

„Nein", sagte Mr. Scraggs. „Aber wir haben den 24. Dezember, und ich dachte an einen weiteren 24. Dezember. Damals begann ich etwas, das ganz anders ausfiel, als man es natürlich erwarten würde. Das ist gar nicht so bemerkenswert „Ich hatte jemals jemanden dabei, der sich so verhalten hat, wie irgendjemand es erwartet hat – mit Ausnahme von Mrs. Scraggs, die einzeln, kühl, ruhig und kollektiv immer sagt: ‚Genau das, was ich erwartet habe, genau', und jeder Mann, der irgendjemanden sagt oder alle Mrs. Scraggs, die durch Ehebande der Mormonenkirche mit mir verbunden sind, Partei des ersten Teils, Mrs. Scraggs, Partei des zweiten Teils, und EGW Scraggs, Partei des dritten, letzten und ohne Bedeutung Was auch immer – jeder Mann, ich wiederhole, der sagt, dass Mrs. Scraggs lügen würde, ist kein Freund von ihr und das sollte man ihm auch sagen Sagen Sie, dass dieser besondere 24. Dezember, von dem ich spreche, so ganz anders verlaufen ist, als ich erwartet hatte, dass ich ihn scheinbar nicht vergessen kann.

„Weihnachten hat etwas an sich, das das Herz erwärmt und die edelsten und besten unserer Gefühle an die Oberfläche kommen lässt, um frische Luft zu schnappen. Ja, Sir, das gibt es, und sie haben es an diesem Nachmittag in Peg-legs Wohnung herumgereicht heiß, süß und reichlich, dass ich nicht länger als zwei Stunden dort gewesen war, bevor meine Gefühle so stark zugenommen hatten, dass ich losging und jeder einzelnen Mrs. Scraggs ein Paar Gummistiefel Nummer zehn kaufte, ein Pfund Rosinen und ein Akkordeon waren natürlich nützlich; aber warum zum Teufel ich die

Akkordeons gekauft habe, wusste ich im Nachhinein nicht Damals war das eine tolle Idee, aber das ist alles, woran ich mich erinnere. Ich habe das Rumpfschießspiel mit einem Handschlitten und einer Karte mit der Aufschrift „Frieden auf Erden" zum Haus geschickt davon.

„Nachdem ich meine Pflicht gegenüber meiner Familie erfüllt hatte, wie ich es damals sah, schlenderte ich in Mr. George Hewlitts Glücksladen, bewaffnet mit sechs eisernen Dollars und einem goldenen Kragenknopf. Sie nahmen mir meine sechs Dollar weg." von mir weg, als wäre ich nicht in der Lage, ihnen anzuvertrauen, und dann streckte ich meinen Kragenknopf für einen weiteren Stapel aus. Soweit ich sehen konnte, war dieser Kragenknopf das Einzige, was zwischen mir und einem langen, breiten Mann stand , dicker und kalter Winter. Wie auch immer, es gab keine unmännlichen Tränen in den Augen des Unterstützers des Adelshauses Scraggs, als er das Grundstück an die Ecke stellte.

„,Sklave', sage ich zum Händler in der Sprache, die ich eine Woche lang im alten St. Looey gelernt habe. ,Sklave!' sagt ich. „Ich habe mein Leben gegen den Gips in deinem Auge gestapelt, und ich werde den Glanz deines Farbstoffs ertragen. Du bist verblasst!"

„Und das war er auch. Ich habe diesen Zug mitbekommen und fast jeden anderen im Deal, habe ihn bei der letzten Karte in zwei Hälften geteilt, und von da an habe ich ihn auf den Rücken gerissen und Stücke von ihm abgeschlagen, bis alle interessiert waren."

„Das Spiel wurde für uns beide zu klein. Ich hatte Schecks im Wert von 400 Dollar vor mir und meinen ursprünglichen Kragenknopf Das Land und das weit verbreitete Interesse an der Arithmetik waren noch nicht klar.

„,Machen Sie es wieder gut', sage ich und tippe mit dem Finger der Autorität auf den Tisch.

„,Ich habe dich', sagt er und knallt seine Rolle auf den Tisch. ,Da sind achthundert Dollar.'

„,Nun', sagte ich, ,ich werde in zwei Fliegen darauf herabsteigen, ungerade Chips nicht mitgerechnet. Sollen wir schneiden?'

„Er schob ein Deck heraus. Ich schnitt einen Vierer ab. Mir wurde plötzlich klar, wie sinnlos die Bemühungen der Menschen sind, wie flüchtig die Hoffnungen der Menschen sind, denn wir spielten mit großen Gewinnen. Und dann schnitt er einen ab Drei-Speck, und redete unklug, und ein sanftes Lächeln erhellte sein Gesicht. Er schaute es an, streckte die Hand aus und nahm ein Schild herunter.

ACE IST IN DIESEM HAUS IMMER HOCH.

– ein Zeichen, das er mit seinen eigenen schönen Händen gemacht hatte, und er sagt zu mir: „Es macht dir doch nichts aus, wenn ich das als Andenken an den freudigen Anlass aufbewahre, oder?" Sie können den Rest des Platzes haben, denn nach zwei Takten bin ich umgezogen.'

„Dann geriet die Menge in Aufruhr, und ich behandelte mehrmals für Mrs. Scraggs und mehrmals für mich selbst, teilte das Geldquadrat, wickelte ihre Hälfte in ein Paket mit der Aufschrift „Gott segne unser Zuhause" und schickte es ihr zu .

„Dann wurde mir klar, dass ich nicht meinem Wohlstand entsprechend gekleidet war. Also schnitt ich die Jungs ab und schlenderte zu Eichenstein, um ein paar Klamotten zu holen."

„Der alte Eichy faltete mit unschuldiger Freude die Hände.

„'Ich habe einen Ausweis!' sagt er und holt ein paar schwarze Klamotten heraus. „Erinnerst du dich an den Biscobal Minesder, der den Sheriff geschlagen hat?

„Ich habe versucht, Eichy zu erklären, dass ich keine Pfarrerkleidung brauche, aber er war schockiert über die Idee, also habe ich sie gekauft und angezogen.

„Als nächstes kam mir der Gedanke, dass ich mit neuen Klamotten und Geld in der Tasche lieber reisen und noch einmal ein wenig von der Welt sehen würde, also versammelte ich die Jungs und vier Mitglieder der Dogtown-Band und wir gingen zu acht Meilen bis zum Bahnhof in gutem Zustand. Die Leute freuten sich, als sie uns einmarschieren sahen.

„'Gib mir eine Fahrkarte', sage ich zum Bahnhofsbeamten.

„'Wohin gehst du?' sagt er.

„Wenn es eine Sache gibt, die ich nicht ertragen kann, dann ist es die Unverschämtheit eines Eisenbahners.

„'Was zum Teufel gehört dir im Jenseits?' sagt ich. „Gib mir schnell eine Fahrkarte, sonst steht an dieser Stelle ein Wrackzug an."

„'Nun, wie kann ich sagen, was ich tun soll?'" sagt er. „Bezahl mir das Ticket, und du bekommst es."

"'Herr!' „Willst du damit andeuten, dass ich eine schmutzige kleine Bahnfahrkarte nicht bezahlen kann oder will?"

„Ich klatschte, was ich lose hatte, auf den Tresen; er zählte es sorgfältig und gab mir mein Pappbrett, gerade als der Motor zischend und brüllend hereinkam. Mensch, sie sah für mich wirklich tyrannisch aus! Das hatte ich Wir haben sie zwei Jahre lang nicht länger aufgehalten, als nötig war, um den

Lokführer und den Rest der Besatzung in Sachen Getränke zu behandeln, und ich machte mich auf den Weg und lehnte mich bequem im Raucher zurück. Riesige und wohlhabende Wolken echten Seegar-Rauchs stiegen in die Luft, und mit dem nachlässigen Daumen des Reichtums, der in der Achselhöhle meiner Weste steckte, dachte ich, ich müsste eingenickt sein, denn bimeby schüttelte mich der Schaffner am Arm und sagte respektvoll: „Wir sind in der Nähe Ihrer Station, Sir."

„Ich habe hinausgeschaut und am Ende des Weges sehe ich den einsamsten bewohnten Fleck auf der Erde. Wenn Häuser Geister haben, dann sollte ich sagen, dass sich die Geister von etwa vierzig Häusern versammelt hatten, die das Verbrechen begangen hatten, nicht richtig gebaut zu sein selbst der Schnee um die verfluchten Dinger sah aus wie aus zweiter Hand.

„Ich habe sofort entschieden, dass ich nie wirklich vorgehabt hatte, dorthin zu gehen. Aber jetzt war es zu spät. Ich hatte nicht vor, vor diesem Dirigenten nachzugeben."

„„Die Namen all dieser kleinen Städte sind sich so ähnlich', sage ich, ,dass ich den Namen dieser schon vergessen habe.'

"'Ja?' sagt er und zieht die Augenbrauen hoch. Natürlich hatte ich nicht daran gedacht, mir mein Ticket anzusehen, aber nachdem ich mit dieser Zeile begonnen hatte, wollte ich durchbrechen.

„„Ja', sage ich. ,Würde es Ihnen etwas ausmachen, es mir zu geben?'

„„Oggsouash', sagt er.

„Eine Sekunde lang herrschte Stille.

„„Schweinewäsche', sage ich nachdenklich. ,Sieht doch nicht so aus, als hätte ich das vergessen, oder?'

„„Nein', sagt er, ,das tut es nicht.'

„Es herrschte wieder eine Art unangenehme Stille, und ich dankte dem Herrn, dass wir es fast geschafft hatten.

„„Injun-Name', sagt der Schaffner.

„„Sicher', sage ich; ,natürlich; sicherlich; ich erinnere mich jetzt genau. Welchen Saloon empfehlen Sie?'

"'Saloon?' sagt er und tritt zurück.

„„Saloon', sage ich und frage mich, woher er die Seltsamkeit meiner Worte hat.

"'Saloon?' sagt er. „Na ja, Mann, es ist eine Prohibitions-, Presbyterianer- und Vegetarierkolonie. Ich wusste nicht, was ich von deinen Taten halten sollte, als du an Bord kamst, aber deinem Gesicht und deiner Kleidung nach zu urteilen, warst du einer dieser Geistlichen, die kamen, um Angst zu machen." Die Kinder zu Tode für ein Weihnachtsgeschenk. Bist du nicht einer von ihnen?

„,Ich bin eine Art Verbindung', sage ich mit meinem ausatmenden Atem.

„Er sah mich an, als könnte er den Zusammenhang nicht ganz erkennen. ‚Nun', sagt er, ‚hier sind wir, und sie erwarten dich, denn auf dem Bahnsteig wartet eine Dame.'

"'Eine Dame?' Sagte ich, als ich aus meinem Grab auferstanden bin. Ich hatte angefangen zu denken, bevor das Sprichwort wahr war: „Man kann nicht bei zwei Spielen am selben Tag gewinnen", aber als ich hörte, dass eine Dame auf mich wartete Ich – nun, wenn irgendjemand in diesem Bullenstall denken kann, was ich dachte, soll er es vertraulich flüstern, und ich werde es mit ihm in Ordnung bringen.

„Ich wusste nie, wie ich aus diesem Zug ausgestiegen bin.

„Nun, ich hätte keine Angst haben sollen – es war die kleinste, dünnste, blassste, zitterndste Frau, die Sie je gesehen haben – nun, es gab keine Mrs. Scraggs auf der Erde, die nicht ‚ein'" konnte. schaukelte sie wie ein Baby in ihren Armen.

„,Ist das der Reverend Silas Hardcrop?'" sagt sie.

„Ja, meine Dame", sage ich und halte es für das Beste, sie zu belustigen, auch wenn sie noch klein ist.

„,Ich wollte dich zuerst treffen – ich wollte sagen – sprechen – ich hatte das Gefühl, dass ich dir etwas sagen muss', sagt sie.

„Ich denke: ‚Nein, das tust du nicht. So lange ich noch eine Waffe in jeder Gesäßtasche habe, schätze ich, dass die Männer, Leute und ich, schon lange durchkommen werden, aber private Gespräche mit Damen stehen nicht auf der Tagesordnung .' Also sage ich:

„,Jaas?' in einem Tonfall, um ein Lagerfeuer zu löschen.

„,Oh, das spielt keine Rolle', sagte sie schnell und zitternd; ‚es war albern von mir. Ich dachte nur – ‚Nun, sie zitterte vor Kälte oder so und weinte fast auch.' – eine dieser Frauen, die sich die Mühe machen, brav zu sein, und wenn sie brav sind, sich Gedanken darüber machen, was als nächstes getan werden soll. Kurz gesagt, ich habe meinen Teil vergessen.

„,Na, du armes kleines Tier', sage ich, ‚du bist fast erfroren – nimm einen Tropfen davon' und holst eine Flasche mit Peg-Legs Bestem heraus.

"'Was?' sagt sie und fährt entsetzt zurück. „Kann das *Whiskey sein* ?"

'''Gnädige Frau!' Sagte ich, als ich mich erinnerte: „Wie geht es Ihnen? Das ist ein Rezept meines Lieblingsarztes – eine kleine Dosis wird Ihnen viel nützen. Probieren Sie ein Stück aus, und wir gehen in die Station, wo es hoffentlich wärmer ist." , und besprechen Sie es.'

„Einige davon hat sie erdrosselt, aber eine Kleinigkeit runtergeschluckt.

„In der Nähe des Bahnhofs brannte ein gutes altes Braunkohlefeuer.

so nett zu mir warst ', sagt sie, ,wage ich es, dir zu sagen, was ich dachte.'

„Sie hatte aufgehört zu zittern – Peg-Legs bester Klopfer zittert schnell.

„Ich möchte nicht, dass Sie denken, ich glaube nicht an unsere Grundsätze, denn das tue ich, das *glaube ich* !' sagt sie; „aber es war ein so hartes und langweiliges Jahr, in dem es nichts Schönes gab, und die alten Zeiten kamen mir so vor, und sie hatten nichts – wirklich, wissen Sie, und es ist schrecklich, daran zu denken, dass Weihnachten vorbei ist." von außen – ohne – ich weiß, dass es ein heidnisches Fest ist und dass Christen den Tag in Meditation und Fasten verbringen sollten, aber – verstehen Sie nicht?"

„Sicher', sage ich. ,Wenn es jemals einen Schuldigen gegeben hat, der es nicht getan hat, dann ist sie nicht er – da sind wir uns völlig einig.'

'''Wie bitte?' sagt sie und schaut mich mit ihren scharlachroten Hirschaugen an. „Ich verstehe nicht ganz – ich bin so dumm."

„Ja, das ist es, was aus Gemüse entstehen kann', sage ich. ,Aber erzähl mir mehr über das heidnische Fest.'

„Ich glaube, Peg-Legs Bestes hat ihr Mut gemacht.

„Ich glaube nicht, dass es ein heidnisches Fest für Kinder ist, um zu Weihnachten Spaß und Spielzeug zu haben. Das tue ich nicht', sagt sie, ,ich kann nicht. Und wenn ich daran denke, wie sie dort stundenlang in dieser kalten Kirche sitzen.' -morgen – pfui!' Sie sagt.

„Nun, liebe Freunde und Brüder, ich habe an sie gedacht, wie sie in dieser kalten Kirche saßen. Es gab eine Zeit, in der ich mich vor dem 25. Dezember einen Monat lang gut benahm, um das Privileg zu haben, Onkel zu sehen Der Weihnachtsmann stürzt durch den Schornstein, und ich möchte an dieser Stelle sagen, dass all die guten Zeiten, die ich gesehen habe, ihnen nicht nahe genug kommen, um ihren Staub aufzufangen. Außerdem die frohen Weihnachten in gläserner Form, mit denen ich hatte mir bei Peg-leg's Mut gemacht, und das Bündel dieser schönen, empfindlichen Pflanze, des langen Grüns, das auf meinem Herzen ruhte, sagt zu mir: „Scraggsy, spring selbst – spring, Junge, spring!"

„Und außerdem hätte ich in den kühnsten Träumen meiner Jugend nie daran gedacht, ein kaltes und trübes Weihnachtsfest im Schoß einer presbyterianischen, verbotenen, vegetarischen Kolonie zu verbringen. Es lag auf der Hand, wenn ich dieser Kolonie nichts antun würde." Kolonie würde Scraggs etwas antun. Ich beschloss, dass ich Oggsouash genau hier den Garaus machen würde.

„Und darüber hinaus dachte ich an diese arme, kleine, verblendete, mit kalten Kartoffeln gefütterte Frau.

„,Du meinst', sage ich zu ihr – meine Ausbildung in der Mormonenkirche und das, was ich in St. Looey über das Schauspielen gelernt habe, was mir in Sachen Manieren nützlich ist – ,dass diese hier Kinder sind, die Nachkommen der Kälte Wasser und Gemüse soll morgen in Gebet und Meditation weitergegeben werden und dadurch besser werden?'

"'Jawohl!' sagt sie, beeindruckt von meinen Manieren.

„,Nun, meine Dame', sage ich, ,wenn Sie meine unprofessionelle Ausdrucksweise entschuldigen würden, würde ich sagen, dass das eine niederträchtige, skandinavische Empörung ist.'

„,Nun', sagt sie eifrig, ,das ist genau das, was ich denke.'

„,Madam', sage ich und verbeuge mich, ,ich bin entzückt, solch einen Geist zu sehen – ich werde von diesem Tag an wohlwollend an Rüben denken. Lassen Sie uns noch einmal selbst ein Rezept verschreiben – in der Anweisung steht, dass Sie alle drei Minuten eine nehmen sollten Bis es dir besser geht. Außerdem musst du mir helfen, und meine Pflichten verlangen, dass ich bis zur Nachtfracht hier weggehe, aber vorher –" Sie sprang auf und eilte hinaus, so jung wie immer sie war.

„Dann ging ich zum Telegraphenschalter. ,Wo kann ich Spielzeug und einen Lastwagen kaufen, um auf Nummer Drei herauszukommen?' sagt ich.

„,Er hat nicht darauf geachtet.

„,Ich griff hinein, nahm ihn sanft an den Haaren und zog ihn ein Stück weit durch sein Kämmerchen, damit er deutlich hören konnte.

„,Mein junger Freund', sage ich, ,ist es Teil Ihrer Meinung, dass ich mit Kohl aufgewachsen bin? Befriedigt es Ihre jugendliche Fantasie, sich vorzustellen, wie ich draußen im Gras pausiere und an einem sonnigen Hang wiederkäue?'

„,Au!' sagt er. 'Leggo m' Haare!'

„,Sie befinden sich jetzt in den Händen von EGW Scraggs', sage ich, ,eine Ehre, die ich Ihnen wertschätzen werde, wenn Sie mir nicht Ihre Ohren für das schenken, was ich sage. Glauben Sie, dass Sie mich jetzt hören können?'

„,Ja, Sir. Oh, ja, Sir, ja, Sir', sagt er.

„,Gut', sage ich. ,Dann telegrafieren Sie an den ersten Ort im Osten, um Spielzeug im Wert von hundert Dollar hier auf Nummer Drei zu schicken. Hier ist Ihr Geld.'

„Nun, er hat alles weggepickt, und dann haben wir gewartet. Dann bekamen wir die dümmste Antwort: ,Was für Spielzeuge? Wie viel von jedem?' usw.

„,Michael und die Erzengel'", sage ich, „woher soll ich das wissen? Gehört das nicht zum Geschäft eines Spielzeughändlers? Hier, junger Mann, sag ihnen, ich will Spielzeug – Kinderspielzeug." Spielzeug – um einhundert Plunks zu verbrauchen – ich will sie auf Nummer drei – und wenn sie nicht ankommen, werde ich in ihrem kleinen alten Spielzeugladen ankommen und mit ihnen spielen, bis sie nach Mama schreien Ich habe mich in meinem Leben noch nie so ungeduldig gefühlt wie in diesem Moment, und das werde ich mit jedem Ticken der Uhr. Erwähnen Sie den Namen Zeke Scraggs, damit sie nicht denken, dass es Mr. Anonymous ist, der sich leichtfertig verhält. Sagen Sie ihnen, dass ich jedes Wort ernst nehme.

„,Das hat er getan.

„,Dann kommt eine vernünftige Antwort: ,Die Ware geht weiter bis Nummer drei.'

„,Sicher', sage ich. ,Kommst du mit?'

„,Das werde ich auf jeden Fall', sagt er und weinte nebenbei, weil ich seinem Vater so ähnlich sah, der genauso ein kleiner, stämmiger und haariger Mensch war wie ich.

„Dann kam meine arme kleine Frau mit den Hirschaugen mit einer Rolle Watte zurück; im selben Moment kam Nummer Drei herein. ,Da holst du dir Jimmy', sage ich zu ihr, ,um dir zu helfen, das Stück in Schwung zu bringen -Spielzeug, während ich mich als Weihnachtsmann verkleide.

„Sie blieb stehen und sah mich an, dann flüsterte sie leise: ,Sind Sie *wirklich* der Reverend Silas Hardcrop?'

„,Ich komme dem Reverend Silas Hardcrop so nah wie nie zuvor', sage ich.

„In ihren Augen funkelt es fast so etwas wie Spaß. ,Ich habe es ihnen gesagt.' sagt sie, „dass du pünktlich um sieben zu ihnen sprechen würdest."

„Sie und ich und Jimmy beendeten Jimmys Mittagessen und saßen herum, während ich ihnen Anekdoten über das Leben außerhalb der Grenzen von

Oggsouash erzählte, bis es Viertel vor sieben war. Dann gingen wir den Hinterweg zur Kirche."

„Ich glaube, es war noch nie mein Privileg, einhundertfünfzig Gesichter gleichzeitig so erstaunt zu betrachten, wie damals, als ich in die Mitte der Bühne in Oggsouash trat und zu den Anwesenden sprach ' gekleidet wie der Weihnachtsmann, mit wallendem weißem Schnurrbart, zu Jimmys Mantel passendem Haar, das mir fast bis zur Taille reicht, ein Gepäckwagen voller Spielzeuge hinter mir und eine Waffe in jeder Hand.

„,Sehr geehrte Brüder', sage ich, ,ich werde versuchen, Sie für ein paar Minuten zu interessieren, und ich ermahne und flehe und bete von Ihnen, dass, wenn irgendein männliches Mitglied Ihrer hier versammelten Gruppe sich währenddessen in irgendeiner Weise nervös oder unruhig fühlt Ich habe im Zuge meiner Ausführungen gesagt, dass er es mit aller Eile und Diskretion verheimlichen wird, denn sonst bekomme ich die Rechnung über die Folgen nicht in meiner Post.

[Illustration: „,Sehr geliebte Brüder', sage ich.“]

„,Wie Oggsouash und ich zusammenkommen, ist weder hier noch dort, obwohl ich es in meinem Herzen wünschte', sage ich. ,Aber jetzt, wo das Schlimmste passiert ist, lasst uns den Konsequenzen begegnen wie Männer – du, Wie Männer, die von Dingen wie Blumenkohl, Süßkartoffeln und Heu aufgerichtet und niedergeworfen werden, die vom Wasser heruntergespült werden, das in all seiner glitzernden Nutzlosigkeit zwischen den Hopfenkröten und Schlammschildkröten von Oggsouash Creek und mir fließt, wie Männer, die das pflücken Hinterbein eines Ochsen beim Sitzen und lassen die Stimmung an Peg-Beins Stelle untergehen wie das Herannahen arktischer Brisen.

„,Um es zusammenzufassen', sage ich. ,Es kann sein, dass es keinen Mann gibt, der weiter von den Standards dieses Ortes abgewichen ist als ich, aber ich bin bereit, meine Hand auf eine eidesstattliche Erklärung zu legen, Es kam mir nie in den Sinn, eine Reihe von Regeln als Verbesserung gegenüber den Allmächtigen zu entwerfen. Da haben Sie mir einen Zug hingehalten, um zu hören, was die Passagiere sagen würden, aber mir fehlten zweifellos die Vorteile Deins, ich ducke mich, wenn es darum geht, den Himmel zu reformieren.

„,Als ich heute Nachmittag in Ihrem leuchtenden Mertroppollus ankam, traf es mich mit der Kraft einer Offenbarung, dass es eine religiöse Pflicht war, jeden Menschen, insbesondere Kinder, eine Zeit lang vergessen zu lassen, dass er in Oggsouash lebte. Deshalb habe ich eingerichtet „Ein paar Kleinigkeiten dafür, meine Damen und Herren, dass wir diesen Weihnachtsabend in ein heidnisches Fest verwandeln.“

‚"Getragen, einstimmig', sage ich. ‚Jetzt lassen Sie bitte jeden jungen Menschen so vortreten, wie sein, ihr oder sein Name genannt wird. Ich werde sehr unzufrieden sein, wenn Sie es nicht tun.'

„Dann habe ich von der Liste gelesen, die mir die Dame gegeben hatte, und die Kinder kamen herauf. Die letzte Gruppe auf der Liste war ein kleines Mädchen, das wie ein Präriehund auf und ab hüpfte, aus Angst, sie würde gehen. um nach links zu gehen, und als ich endlich „Annabella Angelina Hugginswat!" singe. Hier kommt sie, ihre Augen weit aufgerissen durch die beiden kleinen Zöpfe, die hinten herausragen, sie läuft im X-Bein und im Kreis, wie es manche kleinen Mädchen tun, und mit einem Schürhaken in ihren Hosenbeinen vom Scart bis zum … Tod und Freude.

‚"Angelina', sage ich und nehme das große Puppenbaby hoch, das ich für sie aufgehoben hatte, ‚du musst die liebevolle Mutter dieses Kindes sein', sage ich. ‚Erziehe es freundlich, lehre es, dass es seitdem verdammt ist.' das Jahr unseres Herrn BC 7604; füttere es mit Gemüse, Angelina, und halte es von starken Getränken fern, auch wenn du Gewalt anwenden musst.'

„Angelina, mein Beuteltier hat ihr nichts ausgemacht, aber sie stand einfach da und zitterte am ganzen Körper und blickte auf ihre Beute.

‚"Ist das mein Dolly?' Sie sagt.

‚"Das ist definitiv dein Dolly, kleines Mädchen', sage ich.

„Sie ergriff es – ihre Ärmchen waren steif wie Eisenbahnschwellen und ihre Hände waren kalt.

„Sie sah mich wieder an und flüsterte: ‚"Ist das mein Dolly, *wirklich* , *wirklich* , Mitther?'

„Sie sah so verdammt komisch aus, als sie da stand, dass ich sie direkt hochzog und sie küsste.

‚"Wenn jemand versucht, Ihnen den Dolly wegzunehmen, lassen Sie es *mich* wissen – überspringen Sie!' sagt ich, und sie rennt den Gang entlang und schreit: „Oh, Papa, Papa!" Scheint, als hätte sie keine Mutter, das arme kleine Ding.

„Nun, Sir, die alte menschliche Natur ist schließlich die menschliche Natur – sonst wäre es ein verdammt komischer Zustand –, aber wie auch immer, der Schrei dieses kleinen Mädchens hat meinen Freunden, den Oggsouashers, etwas angetan. Ich glaube nicht, dass ich das überschreite Merken Sie sich, wenn ich sage, dass einige von ihnen freundlich lächelten.

‚"Aber ich hatte keine Zeit, es zu studieren. Wenn ich meine Fracht verpasste, blieb ich über Nacht in Oggsouash, und so könnte man die große Gestalt von EGW Scraggs auf dem Weg zur Eisenbahnstrecke gesehen haben Mit einer Geschwindigkeit von siebzehn Meilen pro Stunde kommt gerade ein Kerl hinter mir her.

"'Sagen!' Er jubelt. „Sagen Sie!"

„,Gib es den Kindern ab', sage ich. ,Gute Nacht, Oggsouash, gute Nacht', sage ich, ,Partin' ist so süßer Kummer, dass ich Gute Nacht sagen könnte, solange mein Atem durchhält. '

„Nun, Sir, es war fast drei Uhr morgens, als ich Castle Scraggs erneut erreichte, nach dem kältesten Spaziergang, den man draußen finden kann; aber als Mrs. Scraggs an die Tür kam – und es war eine der schwärzesten und dunkeläugigsten …" die bissigste der Rasse – und sie sagt: „Zeke Scraggs! Wo warst du?" Ich bin einfach in ihre Arme gefallen.

„,Habe Geduld mit mir, Susan oder Mary Ann, oder wie auch immer du heißt',   sage ich, ,denn ich hatte eine schreckliche Zeit.'

„,Du benimmst dich, du alter Idiot, sonst füge ich dir persönlichen Schaden zu', sagt sie.

„,Vielen Dank, vielen Dank für diese süßen Worte, die jedenfalls von jemandem gesprochen wurden , *der lebt* ', sage ich. ,Und noch viel mehr, Mrs. Scraggs', sage ich, ,bevor wir uns trennen. Falls Sie mich jemals über irgendetwas beschweren hören Das betrifft Sie, meine Damen, sagen Sie einfach „Oggsouash" zu mir und halten Sie Ihre Hand, um auf ein leeres Glas hinzuweisen.

„,Gute Nacht, Susanna – frohe Weihnachten', sage ich. ,Auf mein Ehrenwort, es gab einen Moment in meinem Leben, in dem ich froh war, dich zu sehen.'

„Und ich ließ sie da stehen, mit der Kerze in der Hand, gelähmt.

„Und ich kann zu dem Schluss kommen, dass ich, wie ich eingangs angedeutet habe, keinen einzigen dieser Vorfälle vorhergesehen hatte, als ich diesen Kragenknopf riskierte."

IV

Die Belagerung der Drogerie

„Es war einmal, als ich kaum verheiratet war, könnte man sagen", begann Mr. Scraggs, „ich gab die Arbeit auf, um meinen Lebensunterhalt zu verdienen, und gründete eine wissenschaftliche Schule."

" *Du* machtest?" schrie Rot, nachdem eine erstaunte Sekunde in der Vergangenheit verschwunden war.

„Ja, Sir", antwortete Mr. Scraggs, „das habe ich. *Es* diente der Untersuchung und Verfolgung dieser Doktrin des Zufalls. Die Idee bestand darin, eine kleine Schachtel voller Spielkarten auf den Tisch zu stellen und zu ziehen." Sie ließen sie einen nach dem anderen hervorgehen, um zu sehen, wie sie fallen würden. Einige der Schüler waren so interessiert, dass sie auf die Ergebnisse wetteten.

"Oh!" sagte Charley, „Ich habe in diesem einen Winter selbst einen Kurs besucht.
Hast du immer *eine* Karte nach der anderen aus dieser Schachtel gezogen, Zeke?"

„Also hilf mir, Bob! Das habe ich getan", erwiderte Mr. Scraggs sehr ernst. „Deshalb wurde ich nicht reich. Es kam manchmal vor, dass ein wilder Wolf von Up the Creek hereinkam, voller Rum, Dummheiten und Geld. Oh Mann! Hoch oder niedrig, rot oder schwarz, ungerade oder gerade, verkupfert oder offen, an der Ecke oder lass sie krachen, in der letzten Kurve und in der Mitte, von der Getränkekarte bis zum Sprunggelenk, diese dornenbärtigen Söhne der Waffen würden meine arme kleine Bank peitschen, bis nicht mehr viel von ihr übrig sei Aber Sägemehl. Ja, Sir", trauerte Mr. Scraggs, „ich habe aus den Frühaufstehern genug gemacht, um zu essen, aber diese Brüllbären aus Bruindale legten manchmal ihre flachen Hände auf meinen Lehrstuhl, bis die Funken flogen." Kurz gesagt, dieses sportliche Leben war zu bergauf und bergab für mich. Kaum war ich bereit, eine Dividende auszuschütten, kam einer meiner externen Kunden herein, nahm diese Dividende und wischte beide Füße ab Ich rollte darauf herum, stampfte darauf herum, flog drei Meter hoch in die Luft und ließ mich darauf fallen, biss Stücke daraus heraus, und dann zündete ich ein Streichholz an, sammelte die Krümel vom Boden auf und wünschte, ich könnte sie loswerden etwas zugleich Einfaches und Zuverlässiges.

„Nun, ein Freund von mir wohnte im Transcontinental Hotel. Die Trennwand zwischen seinem und meinem Zimmer reichte nicht bis zur Decke, also habe ich, wenn ich spät nach Hause kam, immer einen Stiefel auf ihn geschoben und das getan." Er war ein netter Kerl, Hadds. Ein blasser, dünner Mann, sehr rothaarig – das heißt, nicht rothaarig wie bei manchen Partys, die ich kannte, sondern eine Art schüchterner Rothaariger Es wäre anders gewesen, wenn es gewesen wäre; und er hätte acht große Sommersprossen im Gesicht gehabt, wenn es mehr Platz gegeben hätte, aber er war nicht glücklich im Büro. und ich hörte ihn in seinen Albträumen schreien: „Da haben sie es!“

„Sehen Sie, er lebte in der Angst davor, zwei Exkursionszüge gleichzeitig fahren zu müssen. Nervöses Geschwätz – oh, schrecklich! Nicht ohne Grund, auch nicht. Anscheinend hat er während seines Studiums Chemie studiert. Immer experimentiert. Zwei Dinge gemischt, die zum Leben geboren wurden.“ Hadds ging gleichzeitig mit dieser Ecke des Gebäudes. Er blieb nicht stehen, bis er das Transcontinental Hotel erreichte.

„Hadds hat bei mir gearbeitet, um mit ihm eine Drogerie zu eröffnen. Er hatte etwas von seinem Lohn gespart, und er wusste, dass ich eine schwankende Rolle hatte. Er sagt: ‚Eines Tages wirst du pleite gehen, junger Mann – warum?‘ Hörst du nicht damit auf? Du kommst mit mir und wir machen eine ordentliche Sache. Es ist ein großes Glück für die Bande, dass sie Patentmedikamente trinkt, anstatt ihnen von der Straße her einen schnellen Schluck über die Rezepttheke geben zu lassen „Dieser Pillenverkäufer könnte den Unterschied zwischen einem Riffelbrett mit Schneckenloch und einem porösen Pflaster nicht erkennen, wenn auf der Schachtel kein Etikett wäre!“ sagt Hadds, „wenn er Sarglack für einen Mann mischt, denkt man, er wäre Rührei“, sagt er, „solange du den Preis hast.“

„Eines Nachts geschah es, dass Bitter Water Simpson auf den Flügeln des Abends zu meinem Geschäftssitz getragen wurde, und er berechnete, dass die letzten beiden Karten in der Schachtel herauskommen würden, Dame zuerst, Trey als nächstes. Er war sich so sicher, dass er sich danach erkundigte Theorie der Grenzen.

„‚Die Grenze‘, sage ich, ‚sind die Kleidung und der Inhalt, der Körper und die unsterbliche Seele von EGW Scraggs. Du schlägst dein Bündel nieder und ich werde es einlösen.‘

„Mir war klar geworden, dass es keinen Sinn hatte, noch länger etwas vorzutäuschen. Wenn ich diesen Revolverhelden erwischen würde, würde ich ins Drogengeschäft einsteigen; wenn er mich erwischt, würde ich einen Spaziergang machen.“

„Er legte Regierungsversprechen im Wert von tausend Dollar nieder, und ich holte tief Luft, zog das erste Trey, die nächste Dame hervor, nahm sein Geld mit einer leichten, sicheren Berührung vom Tisch, warf das Layout in den Ofen und blies Er löschte die Lampe, bemerkte, dass die Bank geschlossen sei, und war bereit, mit Chemikalien statt mit Spielkarten zu handeln.

„Simpson war überrascht. ‚Will ich nicht Genugtuung bekommen?' sagt er.

„‚Wenn es am Rezepttisch zu haben ist, schon', sage ich. ‚Sonst bleibe ich lieber selbst zufrieden.'

„Es wäre besser gewesen, wenn er davon Abstand genommen hätte, mich zu beschimpfen. Ich war damals jünger, und obwohl ich nicht im Geringsten streitsüchtig war, waren solche Gespräche, wie Simpson sie mit mir führte, völlig unangebracht. Außerdem feierte er Feste mit Waffen." Ich nahm ihm seine Waffen ab und setzte ihn auf den Herd, bis er versprach, sich zu benehmen, als die Kerle mich für bis zu fünfhundert pro Nacht an die brennende Eiche nagelten Ich habe Simmy dazu gebracht, eine neue Hose anzuziehen, und habe ihn dazu gebracht, Geld auszugeben, bis das Reiten wieder zu den Möglichkeiten gehörte. Ich konnte mich nie daran gewöhnen, dass Leute Waffen auf mich richteten.

„Also gab es in kürzester Zeit eine Drogerie. Sowohl ich als auch Hadds waren überglücklich und arbeiteten wie ein Paar Pantoletten. Als wir die Dinge repariert hatten und ein Schild mit der Aufschrift „Hadds & Scraggs" angebracht war Ich hatte das Gefühl, ich sei wirklich ein prominenter Bürger, aber liebe Freunde und Brüder, es ist immer jemand da, der eine Fliege hat, die man in die Salbe stecken kann. und oben reitet ein Puncher.

„‚Hadds & Scraggs!' sagt er: „Ich frage mich, was das für Waren sind? Nun, ich muss einen Hadds und einen Scraggs mit nach Hause nehmen, um ihn den Jungs zu zeigen."

„Er hat jedes bisschen Poesie aus diesem Schild herausgeputzt. Allerdings ist Poesie nicht das Hauptgeschäft einer Drogerie, und wenn man zur praktischen Seite kommt, haben wir uns ganz gut geschlagen. Wir haben eine Reihe von Patentarzneimitteln mit hübschem Rot herausgebracht." und blaue Etiketten, die den beliebten Geschmack annahmen. Da auf dem Hügel ein Bergbauboom herrschte, lief es gut. Eine neue Sämaschine brachte etwas Geld ein, dazu Gummistiefel, Schneeschuhe, Baseballbälle und Zimmermannswerkzeuge , Brillen, Bauholz und eine Agentur für einen Selbstbinder als Nebenthemen, ich sehe mich in der Welt zurechtkommen.

„Es dauerte nicht lange, bis niemand mehr daran dachte, ein Faro-Layout oder ein Kartenspiel woanders als in unserem Laden zu kaufen, und was parfümierte Seife und Parfümerie betrifft, ich denke, unsere Landsleute müssen das eine und andere gefunden haben." Der andere war betrunken, denn wir luden kisten- und eimerweise ab, als wir die Kätzchennächte zählten: „Habe ich es dir nicht gesagt?" Hadds würde brüllen: „Setzen Sie Ihre Füße in meine Spuren und Sie werden Diamanten tragen!"

„Und ich schätze, ich würde es tun, wenn es keine Dame gegeben hätte. In neun von zehn Fällen ist eine Frau darin, wenn ein Mann ruiniert ist, und das andere Mal ist ein Mann darin. Wenn weder das eine noch das andere Darin ist es jedenfalls ein verdammt uninteressanter Vorfall. Ja, Sir; wir geraten unter die doppelzüngige Freundlichkeit einer Majorin.

„Eines Nachts – Leidender Ichabod! Aber das war eine Nacht." – wir wurden von der Uhr in einer halben Stunde oder dreißig Minuten zum Stillstand gebracht.

„Heute Abend war alles ruhig, niemand außer Hadds, Keno Jim und mir war im Laden und wirften Pokerwürfel um Zigarren, als sich die Tür öffnete und Major Pumpey und seine Frau vom Armeeposten kamen. Wir waren nicht erfreut, den Major zu sehen." . Er war ein kleiner, schüchterner, rotgesichtiger Mann mit pompösen Augen und einem schwarzen Schnurrbart wie eine Katze. Er hatte eine Stimme wie rollende Fässer in einem Brauereigewölbe Es ist schon eine ganze Weile zu hören, wie die Stimme Nummer zehn aus diesem Mann Nummer zwei brüllt. Zwei Oktaven tiefer als ein Militär, er und Hadds, die einfache Zivilisten waren, waren es nicht sagte Hadds, als Pumpey das nächste Mal „Laden" sagte, würde ich ihn ab und zu beim Wort nehmen und ihn so lange aufs Ohr hauen, bis es mir besser ging. Aber jetzt war seine Frau natürlich dabei konnte nicht.

„Sie unterschied sich so stark vom Major: eine große, blasse, schlanke Frau, gutherzig und gutmütig, wie man sie eben nennt, aber mit ein paar nasengrabschen Flecken und einer Art, alles zu lassen Ihre Hände flattern am Handgelenk, während sie in einem hohen, verschlingenden Stil redet Gesamtwirkung dieser Dame! Sie trug ihr Haar wie ein Omelett und sah aus, als wäre sie durch eine Kesselexplosion in ihre Kleidung geraten.

„Es gab noch einen weiteren gewaltigen Unterschied zwischen den beiden. Der Major starrte auf den Wein, wenn er überhaupt eine Farbe hatte. Er legte nicht so viel Wert auf Dekoration, sondern auf Quantität. Er verbrachte seine Zeit damit, Tee zu trinken." , Abschlag oder Wippen. Andererseits kann ich mich nicht auf das Wort ihrer Stürmerin verlassen man konnte nicht dazu gebracht werden, Wasser zu trinken, es sei denn, es war abgekocht, und was Spirituosen betrifft – Oh, Mord!

„Als der Major eintrat, bemerkte ich an seinem Körper eine Art Aufrichtigkeit, die kein nüchterner Mann je hatte, die sich ohne erkennbaren Grund mit schnellen kleinen Seitwärtsschritten abwechselte, und als er an den Tresen kam, ergriff er ihn mit beiden Händen und sagte: , „Wie geht's – gla' meecher – heiß, nicht wahr?"

„Ich gab zu, dass es heiß war, sagte ihm, dass ich mich auch freue, ihn kennenzulernen, und da letzteres nicht mehr als eine schlichte Lüge war, fragte ich die Dame schnell, was wir für sie tun könnten.

„Parfümwaren waren gefragt, also verteilte ich die Flaschen. Mrs. Major schnüffelte wie eine Dame und sagte: ‚Dee-lee-shus! Ha-uuuu, glaubst du das, Ma-JAW?'

„Und wenn de Major seine Hände auf die rechte der zahlreichen Flaschen legte, die in der Atmosphäre um ihn herum schwebten, hielt er sie einen Meter entfernt, schnaubte wie eine Kreissäge, die einen Knoten schlägt, und brüllte nach einer Schweigeminute , „Ist das nicht schön, mein Gott!" und knall die Flasche zu.

„Es ging mir auf die Nerven. Erstens, die Art und Weise, wie er mit diesem ‚Byyy Gosh!' herauskam. traf einen in die Magengrube, als würde man neben einer Bassdrum stehen, und es war nur eine Frage der Zeit, bis er eine dieser Flaschen durch die Vitrine schmetterte. Also rief ich Hadds um Hilfe, und wir beide machten uns auf den Weg Die Dame mit der Parfümerie war so schnell, dass der Major sein Ruder nicht mehr hinbekommen konnte, woraufhin er sich losmachte, hinter der Theke umherschlenderte und an jeder Flasche auf den Regalen schnüffelte.

„Nicht alles in einer Drogerie ist so angenehm für die Nase wie Parfümerie, und ein- oder zweimal, als ich mich umsah, um ihn irgendwie im Griff zu behalten, sah ich, dass der Major einen Schock erlitten hatte. Aber Endlich stieß er auf eine Probe, die ihm gefiel. Ich sah, wie er einen kräftigen Schluck davon nahm, und sein Mund öffnete sich vor Freude weit.

„‚Nun, ich schätze, du wirst eine Weile amüsiert sein', denke ich. Also habe ich nicht mehr aufgepasst.

„Das nächste, was Hadds aufsieht: ‚Hier!' Er schreit: „Lass das! "

„Der Anruf kam zu spät – zumindest um nicht wie beabsichtigt zu funktionieren. Der Major ließ die Flasche fallen, aber er ließ auch sich selbst fallen, zwei Regale und etwa sechs Dutzend Gläser mit allem, wovon Sie jemals gehört haben. Mächte der Dunkelheit! Flach auf den Rücken legte den Helden vieler Anklagen nieder, während über seine männliche Gestalt und sein Gesicht Hustenmischung, kanadischer Balsam, Salbe, Zuckersirup, Rizinusöl und mehr klebrige, ölige, schmutzigere Dinge tropften, als ich Ihnen jemals erzählen werde Es war so, dass als letztes eine Flasche Karmin im Wrack gelandet war und über alles hinweggeflogen war. Da es keinen trockenen Platz für eine Rute gab, sah es so aus, als hätte der Major an jeder Ader das Gleiche getan Der junge Mann, von dem wir in der Schule gelesen haben, war tatsächlich noch viel schlimmer. Es schien die schrecklichste Tragödie zu sein, in die jemals ein Mann verwickelt war.

„Bevor wir wieder zu Verstand kamen, sah die arme Mrs. Pumpey ihren Major auf einem blutigen Meer schwimmen, und ohne nach Erklärungen zu fragen, stieß sie einen lauten Schrei aus und fiel in Ohnmacht, als sie unseren Vorrat an schicken Gerichten verspeiste.

„,Hier verdienen wir viel Geld, glaube ich nicht', kreischt Hadds – er war ein aufgeregter Mensch, dieser Hadds. ,Komm!' Er brüllt: „Hilf mir, sie hier rauszuholen! Es ist genug Chloroform da, um uns alle zu schlafen!"

„Wir schleppten den Major und seine Frau in den hinteren Teil des Ladens. Ich habe ihr aus ein paar Tapetenrollen eine Pille gemacht, aber der Major musste so gut er konnte klarkommen. Da lag er, seine kleine Runde Stummick hängt in der Luft und atmet wie ein vom Wind zerrissenes Pferd.

„Keno Jim und ich kümmerten uns um die Dame, während Hadds um den Major herumtänzelte und wissenschaftliche Schimpfwörter fluchte. Natürlich wussten Keno und ich nicht mehr, was wir tun sollten, als ein Foto des wilden Mannes von Borneo, als es einen gab Wie gesagt, ich war nicht verheiratet genug, um es zu lernen, und die jetzige Linie von Mrs. Scraggses war gesund, egal, welche anderen Fehler sie auch haben mochten irgendetwas, und stürme dann zurück zum Major und reiße ihm die Haare aus.

„,Verdammt, Hadds!' sagt Keno, „hör auf, die Männer zu beschimpfen und lass uns wissen, was wir für diese Frau tun sollen."

„,Gib ihr einen Schluck Whisky!' schreit Hadds. „Komm her, Zeke, und sieh, was diesem Bettler jetzt fehlt!"

„Wenn er mich nicht so abgesagt hätte, wäre vieles nicht passiert. ,Schau ihn dir an!' sagt Hadds und knirscht mit den Zähnen. „Vierzig Dollar" sind kaputt – wahrscheinlich wird er an unseren Händen sterben –, das wäre so, als ob er mir die Flasche Ammoniak geben würde , Zeke.'

„Dann schrie Keno nach mir. Er öffnete den Mund der Majorin, steckte einen Korken hinein, damit es so blieb, und fütterte sie dann mit dem Erfrischungsmittel. Sie war im besten Fall keine hübsche Frau, aber mit dem Korken drin ihr Mund--!

„,Ich habe ihr einen Whisky gegeben', sagt Keno und zeigt auf etwa vier schwedische Finger auf einem Wasserglas. ,Glaubst du, das bringt sie dazu?'

„,Wie eine Bärenfalle', sage ich. ,Willst du damit sagen, dass du einer Frau, die kein ungekochtes Wasser verträgt, so viel rohes Springen und Brüllen hineingespritzt hast? Nun, du bist eine allotrope Modifikation der Gattung Esel, wie Hadds über den Major sagt.'

„Keno wurde rot im Gesicht. Er knallte das Glas auf den Tisch und ging hinaus. ,Jetzt kannst du dich um deine eigenen Frauen kümmern', sagt er verbittert. Diese wissenschaftlichen Schimpfwörter bohren ihm ins Herz."

„Ich sah die Dame an. Die Farbe kehrte in ihr Gesicht zurück. Offensichtlich würde sie in ein oder zwei Minuten da sein. Dann jubelt mir Hadds ziemlich zu:

„Komm her! Komm her! Du bist ein netter Partner, du stehst da mit den Händen in den Taschen!'

„Nun, was soll ich tun, Hadds?' sagt ich.

Es ist mir egal, was Sie tun, solange Sie nicht so ärgerlich nutzlos aussehen. Glaubst du, dass dieses Exemplar eines Offiziers und Gentlemans – was zum Teufel macht er jetzt?"

„Beschimpfen Sie den armen Kerl nicht', sage ich. ‚Er konnte wirklich nichts dagegen tun.' Dann hatte ich eine Eingebung. „Sehen Sie", sagte ich, „warum geben Sie ihm das Mittel nicht auf die gleiche Weise." eine Prise schottischer Schnupftabak.

„Na klar!' sagt Hadds. Er hatte in dieser Phase des Spiels alles versucht.

„Nun, liebe Freunde und Brüder, es ist nicht hier unten im Bauernstall, noch gibt es irgendwelche anderen landwirtschaftlichen Berichte, und ich weiß nicht, ob ihr euch in jedem Fall darauf verlassen könnt, aber nach dem, was ich bei dieser Gelegenheit sehe, wenn … Haben Sie jemals einen Freund oder Verwandten, der sich zu sehr mit der Hausarbeit beschäftigt und sich nicht mehr an sich selbst erinnern kann? Warten Sie, bis er tief durchatmet, und mischen Sie etwa eine Unze schottischen Schnupftabak in seine Atemluft.

„Hur-Ausschlag-o!' sagt der Major und setzt sich hin. „Hurra!" sagt er noch einmal, und dann ging er los wie ein Haufen Feuerwerkskörper, bevor ein anderer mittendrin explodierte. Und der Major war ein ebenso starker Nieser wie ein Redner. Mensch! Sein Bass-Niesen klang wie der Auspuff einer Frachtmaschine; er saß nicht einfach nur da, bedeckt mit Karminrot und beruhigendem Sirup, wiegte sich hin und her und nieste. Es hatte etwas Schreckliches an sich. Me 'n' Hadds sah wie versteinert aus.

„Dann: ‚Oh, mein armer Mann! Was machen sie mit dir?' sagt ein V'ice hinter uns, und die Majorin hüpfte über den Boden und fiel auf den Major. Das ist das richtige Wort dafür, sie ließ alle Arme los und nahm ihn in die Arme.

„Was hast du gesagt, Willie?' Sie fragt.

„Hur-Ausschlag-o!'   sagt   der   Major.   „A-ha-hrrrum-pah! "

„Nun, Hadds, als er die Dame so weinen sah, war ganz außer sich. Er wusste nichts von Kenos Kelch voller Whisky, also dachte er, es sei eine echte Emotion."

„"Weinen Sie nicht, Ma'am', sagt er. ‚In einer Minute wird alles wieder in Ordnung sein. Das Rote ist nichts weiter als Karminrot und einfacher Sirup – beim Waschen kommt alles heraus, und Niesen ist gut für die Mann.'

„Die Bürgermeisterin, sie stand auf und sah Hadds an. In ihren Augen war ein mehr als menschlicher Glanz. Ich habe einmal in einem Buch über die enorme Würde der Dame gelesen, um die es bei dem Ärger ging. Es schien keine vernünftige weibliche Person zu sein." Sie konnte sich so verhalten, bis ich die Majorin sah. Sie hatte genug Würde für zwei Jungfrauen bei der Hochzeit einer Nichte und einen Nigger-Oberkellner Um es Ihnen zu sagen. Der arme Hadds sah aus wie ein Welpe, der mit einem Huhn im Maul gefangen wurde. Sie machten einen großen Marsch zum Gemischtwarenladen, als sie dort ankam, nahm sie eine Haarbürste , und mit einer Bewegung, die großartigste, die ich je bei einem Menschen gesehen habe, ließ sie es auf Hadds' Kopf fallen! – Weihnachten, was für ein Knall.

„‚ Willst du *jetzt* meinen Willie in Ruhe lassen?' sagt sie.

„Hadds sprang auf und ab und rieb sich den Kopf.

"'Was kränkt dich?' sagt er und weint fast.

„‚Hadds!' Ich machte ihm Vorwürfe: „Denken Sie daran, dass Sie mit einer Dame sprechen."

"'Dame!' schreit Hadds. „Lady! Schau dir die Beule auf meinem Kopf an!"

„In diesem unglücklichen Moment kam ein junger Mann in den Laden, um ein paar Streichhölzer zu kaufen. Er hielt einen Moment inne, um sich einen Überblick zu verschaffen. Da war der Major, der anscheinend stark blutete, sich aber nicht besonders darum kümmerte Deal, er schien mehr darauf bedacht zu sein, vor und zurück zu rocken und zu niesen. Seine Art schien zu sagen: „Solange du die unschuldigen Freuden eines Niesens nicht störst, ist es mir egal, was kaputt geht." Da war Hadds, der sich den Kopf rieb; da war ich mit offenem Mund; und da war die Majorin, die sich über die Theke lehnte und ein dunkles, geheimnisvolles Lächeln auf den Lippen hatte.

„Der Kunde wusste nicht, was er tun sollte.

"'Also?' sagt die Majorin scharf und sachlich.

„Der junge Kerl sprang.

„‚Ich bitte um Verzeihung', sagt er. ‚Ich hätte gerne eine Schachtel Streichhölzer.'

„Die Majorin schüttelte den Kopf.

„‚Menschen bekommen auf dieser Welt nicht immer das, was sie wollen', sagt sie.

„Nein', sagt der junge Mann. ‚Nein, gnädige Frau.' Und dann herrscht eine unangenehme Stille.

„Die Majorin schüttelte immer noch den Kopf.

„„Das ist eine traurige Welt"", sagt sie.

„„Ja, Ma'am', sagt der junge Kerl und geht auf die Tür zu.

„„Aber du kannst die Streichhölzer haben', sagt sie.

„Damit schlug sie ihm eine Zehn-Cent-Schachtel direkt zwischen die Augen. Der junge Kerl richtete sich stolz auf.

„„Ich komme nicht hierher, um beleidigt zu werden', sagt er.

„Die Majorin setzte ihr geheimnisvolles Lächeln fort.

"'Warum nicht?' sagt sie.

„Der junge Bursche öffnete zweimal den Mund, aber ihm schien nichts Passendes einzufallen. Er drehte sich um und versuchte würdevoll davonzugehen, aber die unter seinen Füßen knackenden Streichhölzer machten den Effekt zunichte."

„'By-by!' sagt die Majorin; „komm wieder!"

„Sie schnappte sich ein Tablett mit Mundharmonikas und schleuderte es hinter sich her; sie zerstreuten sich wie eine Schrapnellgranate. Der junge Kerl wartete nicht, bis er die Tür schloss. Wir hörten, wie er den Holzsteg hinaufgaloppierte, als bräuchte er frische Luft." Ich schätze, wir standen fünf Sekunden lang still; Hadds und ich bewegten uns kaum, und die Majorin runzelte plötzlich die Stirn, ohne dass es mehr Warnungen als einen Blitz gab brach in Tränen aus. „Oh, oh, oh!" sagt sie, „wie bin ich von den Menschen getäuscht worden!" Um ihre Gefühle zu lindern, begann sie dann mit beiden Händen zu arbeiten.

„Es gab einen echten Sandhügel-Wolkenstoß aus Haarbürsten und Kämmen, porösen Pflastern, Zahnpulver, Zahnbürsten, Pomade, Seife, Maultrommeln, Spielkarten und der alte Junge weiß was alles. Es hat mich beeindruckt." Was für eine Zeitverschwendung es dann für einen Bürger war, sich zu beladen und die Decke aus einem Saloon zu reißen; der Ort, an dem man seine Zeit und sein Geld wirklich wert ist, ist eine Apotheke, die Hadds und ich gemacht haben. Ich glaube nicht, dass diese Dame unter normalen Bedingungen eine Scheune mit einem Stein treffen könnte, es sei denn, sie befand sich darin In dieser Nacht erwischte sie mich mit einer Mundharmonika unter dem Auge und mit einem Glas Zahnpulver auf dem Kopf, während kleinere Gegenstände von mir in alle Richtungen flogen.

„Hadds nahm ihre Hände und redete flehend.

„„Bitte, gnädige Frau!' sagt er: „Bitte werfen Sie solche Dinge nicht herum!"

"'Schurke!' sagt sie hochmütig. „Wie konntest du deine bösen Hände auf mich legen?"

„„Hadds', sage ich, ‚leggo die Dame. Wir gehen vorbei. Lasst uns hinter dem Rezeptschalter zurücktreten und uns wie Männer aushalten. Es gibt nur eine Sache auf der Welt, von der EGW Scraggs bereit ist zuzugeben, dass er auf einen Höhepunkt getrimmt ist, Und das siehst du jetzt vor dir. So war es schon seit der Kindheit, als meine jungfräuliche Tante Susan die Rosinen von mir annahm, außer dieser, und meine festen Nerven werden nicht zittern In dieser Form wieder gestapelt, schwanken meine Nerven wie ein Hotelwaschgang in einem Hurrikan.

„Also habe ich mir Hadds über die Schulter gehängt und wir sind hinter die Rezepttheke gegangen.

„Ich habe versucht, ihn abzulenken, indem ich ihm eine lustige Geschichte erzählt habe. Allerdings hat das Reiß-Split-Smash von außen irgendwie drei Fäden zu einem durcheinander gebracht. Außerdem schäumte Hadds so sehr, dass ich nur noch etwas tun konnte, um ihn vom Gehen abzuhalten." „Ich warf dem Major einen Tritt hin, der die Umgebung immer noch nicht wahrnahm und in die sanfte Kunst des Niesens versunken war." Dann kam von draußen ein furchtbarer Stoß, da war keine Vitrine mehr da.

„„Zeke!' schreit Hadds, „überlegen Sie sich etwas, bevor diese Frau uns alle reinzieht."

„„Haddsy, altes Pferd', sage ich, ‚wir haben nur eine Show. Wenn wir Abwechslung schaffen, gewinnen wir. Mein Kopf ist so zerzaust, das Einzige, was mir einfällt, ist, dass wir da rausgehen und Katze spielen …" Kämpfen und miauen und spucken und kreischen und herumspringen, bis sie nicht anders kann, als uns anzuschauen. So habe ich die Zwillinge immer amüsiert, wenn sie getötet werden mussten ein paar Narren –"

"'Ja!' brüllt Hadds. „Wie sehen wir jetzt aus?"

"'Mitkommen!' sagt ich.

„Nun, liebe Freunde und Brüder, unser Herz war bei dieser Ablenkung, ganz zu schweigen von dem Einsatz, den wir in den Laden investiert hatten. Wenn Sie nicht glauben, dass ein kahlköpfiger EGW Scraggs und ein rothaariger Tommy Hadds einen Rausch gemacht haben Ich weiß nicht, wie ich das Gegenteil beweisen soll, aber es war so.

[Illustration: „Stellen Sie einen hochwertigen Catfight-Artikel auf."]

„Na ja, wir sind vier Fuß hoch in die Luft gesprungen, seitwärts, seitwärts und geradeaus, wir haben geschwankt und gekratzt und gerissen und uns umgedreht und mit den Hinterbeinen getreten, und solche Schreie hat es nie gegeben weder vorher noch nachher in einer menschlichen Behausung gehört.

„Es hat funktioniert. Die Bürgermeisterin blieb stehen und beugte sich über die Theke.

„Wärm dich auf, Hadds!' Ich flüstere. „Wir haben sie erwischt!"

„Dann sind wir dann ausgelassen auf die Rampe gelaufen. Ich sehe die Majorin lächeln; sie deutete mit dem Finger auf uns.

„'S-krank!' sagt sie. „Krank, Towser!"

„Es wäre alles in Ordnung gewesen; wir haben auf Samt gespielt und hätten diese Frau ganz einfach aus dem Laden führen können, wenn dieser gehirngeschüttelte Major nicht an der falschen Stelle gelandet wäre."

„Ich erhaschte einen flüchtigen Blick darauf, wie er sich mit beiden Händen an einem Regal festhielt, seine Augen sprangen ihm aus dem Kopf und sein Gesicht war weiß wie Mehl.

„Natürlich würde kein Mann wirklich glauben, dass das Spektakel zweier erwachsener Männer, die in den Ruinen einer Drogerie einen Zickenkrieg spielen, während seine eigene Frau zuschaut und sagt: ‚Sick sie!' war alles andere als eine optische Täuschung, verursacht durch Gründe, mit denen er vertraut war.

„„So etwas ist noch nie passiert!' brüllt der Major, und dann geht er für den letzten Schliff rücklings nach unten, holt eine Petroleumlampe weg und landet in einem Fass Lack.

„Nun, Sir, wegen dem Zeug, das da herumlag, und dem Lack, meine Rockschöße brannten, als ich den Major dorthin schleppte, wo Hadds eifrig das Leben der Bürgermeisterin rettete.

„Die beiden Schlauchfirmen kamen in guter Verfassung davon, aber ein höchst unerbittlicher Streit darüber, wer das erste Wasser aus dem Feuer holen sollte, führte dazu, dass sie Äxte, Schraubenschlüssel und Schlauchstücke gegeneinander ansetzten, während unser Drogeriemarkt grün und lila brannte und rosa, vernachlässigt. Innerhalb von zehn Minuten waren acht Feuerwehrmänner bereit für das Krankenhaus; sehr schlechter Geruch.

„„Nun', sage ich, ‚schütteln Sie, Hadds; es ist alles vorbei.'

„Er ergriff meine Hand und weinte.

„„Nein, das ist es nicht, Scraggsy, Old Man Rocks', sagt er. ‚Du hast mir edel zur Seite gestanden, und ich werde das Gleiche für dich tun.' Er kramte in seiner Tasche herum. „Ich habe eine komplette Ausrüstung aus dem Wrack gerettet", sagt er und holt ein paar Kartenspiele und eine Schachtel Pokerchips heraus. „Alles ist verloren, außer der Ehre, Zeke." " sagt er, 'aber ich schätze, wir können dafür ein oder zwei Dollar aufbringen.'

„Ich war so bewegt in meinen Gefühlen, dass ich nur seine männliche Hand schütteln konnte.

„Wenn ich sprechen könnte, sage ich: ,Wir werden wie ein paar dieser Fenian-Vögel aus der Asche auferstehen, Pard.'

„Und die Hoffnung, die ewig in unserer Brust aufkeimt, tranken etwas bei Jimmy und gingen glücklich zu Bett."

V

DIE trauernde Nummer

„Es ist ein großes Unglück, abergläubisch zu sein", sagte Mr. Scraggs. „So etwas hätte mich nie beunruhigt, wenn ich nicht aus Erfahrung gelernt hätte, dass Fakten die Idee in die Tat umsetzen. Nehmen wir mal die Zahl dreizehn. Es gibt Grund zu der Annahme, dass es Unglück bringt. Ein Grund dafür ist, dass die Dinge alles sind Leute, die rückwärts gehen, sagen, sie sind bei sechs und sieben, also sind es dreizehn.

„Ich bin nicht viel mehr als angekommen", antwortete Red und rieb sich zweifelnd den Kopf.

„Ich komme schnell", sagte Charley; „Aber warte nicht auf mich, Zeke."

„Nun, das ist jedenfalls nur Spekulation", fuhr Mr. Scraggs nachsichtig fort; „Und Spekulationen haben einer Menge Menschen große Probleme bereitet, wenn ich glauben darf, was ich lese, was ich nicht glaube. Aber hier sind kalte Fakten. Ich wurde am 13. April geboren, zu einer Zeit, als ich und das Land Wäre nicht gewesen, dass ich erheblichen Missgeschicken ausgewichen wäre. Es war am dreizehnten Oktober, als ich die Klapperschlange mit einem Stück Holz verwechselte der Herd."

„Nun, wo ist da das Pech?" fragte Charley.

„Erkundigen Sie sich nach der Schlange", sagte Mr. Scraggs; „Außerdem hat er furchtbar gerochen. Ich scheine nicht in der Lage zu sein, einen Morgen zurückzubringen, an dem mir das Frühstück weniger am Herzen lag als an diesem. Angenommen, du wärst eine glückliche Klapperschlange, Charley, mit einer großen und vielversprechenden Familie. Angenommen, jetzt , an einem frostigen 13. Oktober bist du unter den Kochherd gekrochen, um dich aufzuwärmen, sobald der Lagerkoch die Tür öffnete, und bevor du dich genug locker gemacht hast, um ihn zu beißen, legt der Koch kalte und gefühllose Hände auf dich und klemmt dich hinein Der Herd — wird die Zahl dreizehn nicht von da an unangenehme Erinnerungen hervorrufen? Aber das sind nur kleine Details. Mein Hauptbeweis dafür, dass die Zahl dreizehn nicht besser ist als sie in der Tatsache, dass ich eines Tages die dreizehnte in Mrs. Scraggs geheiratet habe, hätte ich gewusst, dass die dreizehnte von diesem Zeitpunkt an nichts mehr ist die anderen Mrs. Scraggses, ich werde auch nicht für sie sagen, dass irgendetwas Einfältigkeit tun könnte, um einen Mann darauf vorzubereiten, sein Ende glücklich zu erleben. Aber Mehitabel der Dreizehnte aus der regierenden Familie Scraggs war ein Genie. Onkel Peter Paisley pflegte zu sagen, dass ein Genie ein Mensch sei, der einen Korken und eine trockene Kehle ertragen könne und aus einfachen Zutaten eine Kiste Jim-Marmelade zusammenstelle. In mehr als einem Viertel der Fälle wusste Onkel Pete auch, wovon er redete, und den Rest der Zeit kümmerte ihn das zu gern nicht. Mehitabel war wirklich ein Genie: Sie konnte aus einem Schnürsenkel ein häusliches Problem machen, sie konnte ein Familienglas durch ein Loch in einer Socke ziehen und sie konnte einen Bürgerkrieg entfachen, weil es darum ging, ob es etwas zu beschaffen gab. Ich ungefähr,

„Zur Weihnachtszeit wollte ich für eine Weile mein Zuhause verlassen. Ein alter Freund von mir hielt draußen in den Bergen eine Mine. Ich wusste, dass er keine Gesellschaft in der Nähe haben würde, und ich sehnte mich nach Einsamkeit. Dort Es ist eine Zeit in den Angelegenheiten der Menschen, wie Shakespeare sagt, in der ein paar kalte Füße alle Hände im Deck schlagen. Keno Jim sagte, Shakespeare habe es gesagt, und Shakespeare sei zu tot, um zu streiten.

„„Also ziehe ich ein Paar dieser langen, gleitenden Schneeschuhe an, die sie ‚Skees‘ nennen, und Slips für William Pemberton und die einsamen Berge. Die Leute nennen nichts ‚Skee‘, es sei denn, sie haben einen guten Grund dafür. Vor mir Ich habe den Dreh rausgekriegt, als ich die Bobschlitten abgetrennt hatte. Ich habe gesehen, wo die „Skee“ ins Spiel kommen. Der Kerl, der sie mir geliehen hat, hat mir freundlicherweise erklärt, dass man auf ihnen die Hügel hinuntergerutscht ist, und es war ein toller Sport, als ich sie bestiegen habe Als ich den ersten Hügel erreichte und schwitzend oben stand, fühlte ich mich zu einem kleinen Sport berechtigt. Sagte ich und schob mich los. Es war ein langer, breiter, hoher Hügel mit Bäumen und Dingen darauf. Einige Zeit nachdem ich angefangen hatte, dachte ich, ich würde gerne etwas innehalten und die Landschaft betrachten Wie ich unterwegs war, sah die Landschaft aus wie die Speichen eines Schwungrads. Ich ließ meinen Stummick und meine unsterbliche Seele hinter mir, wie es so schön heißt Ein Hurrikan schnitt mir in die Augen, so dass ich 30 cm *lange Eiszapfen* weinte Unerwartet und flog dreißig Fuß in die Luft. Da blieb mir nichts anderes übrig, als zu springen, also ist es mir egal, ob du das glaubst Ich oder nicht, liebe Freunde und Brüder, aber ich möchte Ihnen jetzt sagen, dass ich den Bach mit etwa 180 Fuß Vorsprung überquert habe und dabei eine satte Viertelmeile geworfen habe Summersaults, bevor das plötzliche Verlangen gestillt wurde.

„„Ya-as‘, sagte ich, als ich mich aufraffte. ‚Nun, ich schätze, ich habe hier genug für einen Morgen gemacht. Also ging ich danach ruhig und würdevoll zu William Pemberton.

„Als ich an Heiligabend seine Hütte besuchte, fand ich ihn sehr deprimiert. Es scheint, dass er einen Angriff von einigen Leuten erwartet hatte, die darauf bedacht waren, die Ansprüche zu umgehen und dadurch die Mühle auf dem Grundstück zum Stillstand zu bringen. Der Kerl, der angeheuert hat.“ Billy als Wächter versprach ihm alles und vergaß es. Billy war allmächtig treu, aber aufbrausend.

"'Denk daran!' sagt er zu mir. „Ich habe vor zwei Tagen erfahren, dass die Bande kommt, um mich zu überfallen, und der alte Mann Davis hat mir nicht einmal ein Gewehr geschickt, wie er zugestimmt hat. Was erwartet er davon?" Sie kommen und spritzen Blei auf mich. Ich werde sie mit Schneebällen angreifen?

„Dann legte er sich zurück, kämpfte um Atem und strampelte mit den Beinen, bis ich seinen Kragen lockerte. Es war eine schreckliche Anstrengung, unter diesen Bedingungen und mit einer solchen Veranlagung Wächter einer Mühle zu sein. Ich habe mitgemacht Nachdem ich ihm einige Vorkommnisse im Zusammenhang mit dem Zusammenleben mit Mrs. Scraggs erzählt hatte, sagte er laut: „Das *ist doch* eine schwule Welt, nicht wahr?" sagt er. „Ich wünschte, ich könnte dir etwas anbieten, in dem du deine Freunde ertränken könntest, aber wenn du nicht zufällig das Zeug zu einer fließenden Schüssel mitgebracht hast, können wir ihnen auf dieser Ranch kein Ende bereiten."

„Nun, das war eine schreckliche Geschichte. Ich schätze, William hat mein Gesicht bemerkt – Heiligabend, allein auf einem gottverlassenen Berg und nicht den Geruch von irgendetwas, was die Sonne in unseren Seelen aufgehen lassen könnte – oh, Mord!"

„„Es tut mir schrecklich leid, Zeke', sagt er.

„„Erwähne es nicht', sage ich, sobald ich meine Pfeifen zu einer fröhlichen Lüge stimmen konnte. ,Deine Anwesenheit genügt.'

„„Aber ich habe eine Idee', sagt er und drückt seinen Finger gegen meine Rippen. ,Sei nicht aufgeregt, Zeke, damit du dich nur noch härter niederschlagen lässt, aber es gibt eine Chance. Den ganzen letzten Sommer hatten wir Aktionärsbesprechungen zur Untersuchung , und die Art und Weise, wie der alte Davis sie durch ein Glas dazu brachte, im Dunkeln Nachforschungen anzustellen, war eine Sünde und ein Skandal. Der alte Mann war zu alt für Fremde, und deshalb mussten sie etwas trinken und zu heiß, zu nass und zu trocken, und wenn alles andere fehlschlug, war es zu verdammt, als dass sie es überstehen könnten, ohne etwas zu trinken. Die Konsequenz war, dass ich mich an einen Aktionär nur daran erinnere, dass er eine Art Mann ist „Wabbelige, wackelige Knie und Füße, die die Seite wechseln wollen, der seine Zeit damit verbringt, die Minenpfade auf und ab zu schlucken und Exemplare zu finden, wann und wo der alte Davis will."

„William Pemberton schlug sich mit der flachen Hand auf die Stirn – alles erfasste William *so* heftig. ,Ich gebe dir mein Wort, Zeke', sagt er, ,dass diese Kutschenjäger große Brocken roten Serpentins gepflückt und beladen haben mit Gold vom Texas Star, von unseren weißen Quarzvorsprüngen, die nie wieder Gold sehen, seit Adam Fangen gespielt hat und geglaubt hat, dass alles in Ordnung sei – genauso wie der Herr bei der Show ein Kaninchen aus dem Hut zaubert, und du bist es „Ich bin überzeugt, dass das Kaninchen die ganze Zeit da war, ohne dass du es wusstest. Und zu denken –", sagt er.

„„Setz dich, William, setz dich', sage ich. ‚Ich weiß nicht, was ich gegen Apfelplexie tun soll.'

„„Nun, ich werde mich hinsetzen, um dir den Gefallen zu tun, Zeke; aber wenn ich daran denke, wie diese schlappfüßigen Gejammer eimerweise guten Schnaps wegwerfen – eimerweise?' schreit William voller Verachtung.

„„Na ja', sage ich hastig, ‚du meintest, du hättest eine Idee?'

"'Oh ja!' sagt er. „Es gibt keinen Grund, warum sie jede einzelne Flasche zusammengetrieben haben, also kam mir der Gedanke, dass wir bei der Jagd vielleicht Entdeckungen machen würden."

„„Warum, also könnten wir!' Ich brülle laut und herzlich, mit mehr der Absicht, eine Ablenkung zu schaffen, als mit dem bloßen Glauben daran, dass ich eine gute Zeit habe, was der alte Mann Davis übersehen hat. „Es wird wie ein Versteckspiel sein." Heiligabend, als wir Kinder waren, William."

„Also haben wir hier und da herumgekritzelt, bis nur noch ein Schrank in der Kabine übrig war.

„„Ich habe es bis zuletzt aufgehoben – es ist das Wahrscheinlichste', sagt William.
‚Wirf ein Licht auf unsere scheidenden Hoffnungen, Ezekiel.'

„Er legte seine Hand sehr vorsichtig nach hinten. ‚EGW, sagt er', ‚meine Finger haben etwas Kaltes und Glattes berührt, genau wie eine Flasche – zieh kräftig, Ezekiel.'

„Ich holte tief Luft und zog kräftig.

„„Es *ist* rund', sagt William Pemberton. ‚Es *ist* eine Flasche.'

„Nichts war zu hören außer dem Schlagen unserer Herzen.

„„Ist es – ist es – *schwer*, William?' Ich stockte. Dann konnte man nichts mehr hören, denn unsere Herzen hörten auf zu schlagen, so wie ein Löwe, der auf seiner Beute hüpft.

„Ezekiel GW Scraggs!" er schreit: „Sie ist satt!"

„„Ich selbst wünsche mir kein besseres Glück', sage ich. ‚Tritt sie raus!'

„Als das Licht der Laterne auf diese Flasche fiel, bekamen wir einen Schock. Anstelle der fröhlichen Farbe, die normalerweise nützliche Flaschen füllt, war der Inhalt dieser hier grün – grün wie Gras an einem Junihang.“

"'Also!' sagt William, „was in – wo in – warum, es ist Parfümerie!“ brüllt er und hebt es zum Schlag.

„‚Warte, William! Warte!‘ „Oben ist rotes Siegellack drauf, wenn du es zerbrichst, bevor wir eine Probe nehmen.“ '

„Also nahm ich es ihm weg und betrachtete es im Kerzenlicht. Tatsächlich standen die inspirierenden Worte darauf: ‚Liqueur – Crème de Menthe‘.“ Sicherlich eine ungewöhnliche Art, Alkohol zu buchstabieren, aber was ist schon ein oder zwei Buchstaben aus dem Weg, solange die Ergebnisse in Sicht sind?

„‚William‘, sage ich, ‚Liq, leck, ueur, äh – Lecker. Hol dir Gläser, William, und lass uns fröhlich sein.‘

„William murmelte etwas darüber, dass Grün keine fröhliche Farbe sei, aber er ging und tat, was ich ihm gesagt hatte.

„Das Zeug roch nach ewigem, furchteinflößendem Geruch. Es war wie eine Beverage für junge Damen, wenn ich jemals einen trank. Wir saßen einander gegenüber, füllten jeweils ein Glas, sagten: ‚So geht's‘ und warteten. Wir warteten eine ganze Weile.

„‚Ezekiel, fällt dir etwas auf?‘ Sagt William. Nun, um die Wahrheit zu sagen, das hatte ich nicht; aber es war vielleicht nur ausgefallen, also sage ich: „Mir kommt es so vor , William – nichts Bösartiges, noch Musikalisches, noch Humorvolles – aber eine Art.“ von einem ruhigen, vorläufigen, wie man es nennen könnte, Hinweis auf etwas, dem man folgen soll.‘

„‚Huh‘, sagt William, ‚versuchen wir es mal mit einem anderen.

„Wir haben dieses Mal darauf geachtet, bis zum Rand zu laden. Nach fünf Minuten frage ich: ‚Bist du sicher, dass du nichts merkst, William?‘ Ich bemerkte, dass sein Gesicht rot wurde.

„‚Ähm – ya-as‘, sagt er höchst sarkastisch; ‚Ich bemerke etwas‘, Ezekiel – ein starker Pfefferminzgeruch – ist dir vielleicht nicht entgangen? Naja, da ist nur noch ein Schluck grüner Farbe, in den man sich zwingen muss inmitten von William Pemberton, und wenn da nicht mehr zu sehen ist als der gegenwärtige Geruch und das Gefühl: „Wenn ich von innen nach außen gekehrt und den winterlichen Windböen ausgesetzt worden wäre, wirst du von mir hören, Ezekiel.“ „Ich habe gestanden“, sagt William, „so gut wie alles, was ich bereit bin, zu stehen. Der nächste Akt wird für mich sein, weiterzumachen.“

„Da ich wusste, was für ein kraftvolles Wesen er hatte, hoffte ich aufrichtig, dass unser nächstes Glas zu zufriedenstellenden Ergebnissen führen würde. Ich trank sie, aber es musste alles sein, was ich tun konnte, ich spürte eine eiskalte Kälte in meinen Eingeweiden, genau wie bei William beschwerte ich mich, statt der Wärme und des Trostes, nach denen ich suchte, schluckte ich das Glas mit voller Kraft, wie eine Schlange eine Hopfenkröte – freundlicher streckte sich aus, bis ich draußen war.

„‚Tick-tick-tick‘“, bemerkt Williams Uhr an der Wand. Als sie ihre Zeiger vor ihrem sanften Gesicht so angeordnet hatte, dass sie mir mitteilte, dass zwanzig Minuten, Bergzeit, so viel wie möglich verstrichen waren, ich Mein besorgter Blick richtete sich auf William. Er hielt sich mit beiden Händen an seinem Stuhl fest, und auf seinen Wangen zeichneten sich weiße Flecken ab, als er seine Zähne zusammenbiss.

„‚Ähem‘, sage ich und räuspere mich, ‚Hm – ah, tust du – äh – tust du nicht …‘

„Ich kam nicht weiter. William beugte sich vor und beugte seinen Finger über meine Brust. ‚Na gut‘, sagt er in einem Tonfall, der nicht laut, aber so bedeutungsvoll ist, dass er gegen die Zähne stieß – ‚Na gut‘, sagt er. Ezekiel George Washington Scraggs, ich kann mir vorstellen, was die Ergebnisse eines solchen Kurses sein werden, aber wenn Sie sich noch einmal dazu entschließen sollten, mich zu fragen, ob mir etwas auffällt, werde ich sofort aufstehen und Ihnen in die Augen schlagen – das ist mir völlig egal Konsequenzen.'

„‚Jetzt, jetzt, jetzt! Was nützt es, so aufgeregt zu sein? Trinken Sie einen Schluck Wasser – bei so viel Schaum platzt Ihnen die Blase‘, sage ich.

"'Wasser!' sagt William. „Ha, ha, ha.“ Es war kein Kichern, sein Lachen war einer dieser Blutgerinnsel, von denen man gelesen hat.

„‚In Ordnung‘, sagt er forsch, ‚um Ihnen den Gefallen zu tun – denken Sie daran.‘ Er drehte den Löffel um und warf ihn dann durch das Fenster. „Leidender Ike“, sagt er, „ich kann es nicht einmal schmecken – nichts als kalt, kalt. Ging mir in den Rachen wie ein Schrotschuss in einen zehn Fuß langen Schacht.“ Er rang nach Luft und fuhr fort: „Hier bin ich“, sagt er, „William Pemberton, der Weihnachten feiert, indem er mein Bettzeug grün färbt und wie eine Pause in einer Landschule riecht.“ Seine Atmung ließ wieder nach, während er sein Gesicht verzog und seine Hände herumflog. „Komm mit mir“, sagt er, „und ich zeige dir eine Weihnachtsfeier.“

„Ich habe ihn gepackt. ‚William‘, sage ich, ‚dein Auge ist verzweifelt. Erklär es mir, bevor du dir einen Fuß aufstreifst.‘

„Leggo mich", sagt er. „Ich sage dir, leggo mich, Zeke Scraggs. Ich werde mich rächen. Ich werde zehn Kisten Riesenpulver nehmen und die Mühle des ehrenwerten John Lawson sprengen." „Davis, Mitglied des Kongresses, Champion des Doppelgelenks, des Ground-and-Lofty, Collar-and-Elbow, Skin und Liar, so hoch in der Luft, dass die Leute denken, es gäbe einen neuen Kometen, der Krieg und Ärger vorhersagt."

„William', sage ich, ,du wirst so etwas nicht tun – das ist böse, das heißt.' Ich versuchte, streng zu sprechen, aber dieses Weihnachtsfest hier hatte bisher noch nicht viel gebracht, und ich hatte noch nie erlebt, wie ein Briefmarkenwerk in die Luft gesprengt wurde, also musste ich mich fragen, wie es wohl aussehen würde.

"'Siehe hier!' sagt er: „Ich gebe zu, dass du mich oft freundlich geleckt hast, Ezekiel, und ich bin dir dankbar, aber bist du nun mein Gast, oder nicht?"

„,Das bin ich', sage ich.

„,Dann lass uns nichts mehr von dir hören', sagt er, ,sondern komm mit.'

„,Das Pulver wird kraus', deutet ich an und versuche immer noch, ihn auszuschalten.

„,Nicht viel', sagt er. ,Sie ist in einem zwanzig Fuß tiefen Keller – komm schon.'

„,Genau wie du sagst, William', bemerke ich – das Einzige, was ich tun kann."

„Also schleppten wir zehn Kisten Riese auf den Boden der Mühle, befestigten vorsichtig den Deckel und die Sicherung, hoben sie ab und gingen von dort weg.

„Auch wenn ich nicht möchte, dass ihr, liebe Freunde und Brüder, auch nur eine Minute lang darüber nachdenkt, dass ich solch ein Verhalten unterstütze, bin ich für meinen Teil bereit zuzugeben, dass es Dinge gibt, die weniger berauschend sind, als auf einer kleinen Anhöhe zu stehen Eine klare, schöne, mondhelle Winternacht, in der ich darauf warte, eine Fünfzig-Stempel-Mühle in Betrieb zu nehmen,

„Und sie ging. Ich wiederhole es: Sie ging. Zuerst ketchten wir einen Schlag auf unsere Fußsohlen, und dann flog die Mühle zu einem feurigen Ende. Jeehoopidderammity! Es war einfach großartig."

„Wir hatten jedoch keine Zeit, alles in uns aufzunehmen, denn nach der ersten Explosion schwebte ein großes, schwarzes Ding mit dem fürchterlichsten Kreischen, das jemals einen Menschen zu Tode erschreckt, über unseren Köpfen hinweg."

„‚Zeke‘, sagt William und hält sich an meinem Hals fest, ‚habe ich etwas gehört, oder ist es diese verfluchte grüne Tinte, die funktioniert?‘

„‚Ich dachte, ich hätte ein Geräusch bemerkt‘, sage ich; ‚und was auch immer es da drüben angezündet hat. Lasst uns nachsehen.‘

„William hatte überhaupt nicht vorgehabt, hinzugehen und es sich anzusehen. Tatsächlich habe ich ihn an den Haaren und am Gürtel über die gesamte Entfernung zum Rumpf gezerrt – nicht, dass ich wirklich Angst gehabt hätte, aber nichts ist so einsam, wenn man Gesellschaft hat.“

„Es gab ein Loch in einer Schneebank, in das das, was auch immer es war, reinkam. Ich wollte mit den Pfoten nach unten rutschen, aber William war dafür, es zusammenzuballen.“

„‚Ich sage dir, lass es sein und hüpfe hier raus‘, sagt er. ‚Es ist hinter mir her, weil ich die Mühle in die Luft gesprengt habe; es ist der Teufel, das ist es.‘

„'Ist es?' „Nun, schauen wir uns ihn mal an.“

„Gerade in diesem Moment hob sich die Schneewehe. Es war kein Teufel – das heißt nicht ganz. Es war eine Dame. Ich würde darauf wetten, wenn ich Zeit zum Nachdenken gehabt hätte. Ich hätte vielleicht gewusst, dass es keinen Ort gibt.“ Auf diesem Fußschemel, wo EGW Scraggs seine müden Füße ausruhen konnte, ohne dass zur gleichen Zeit eine Frau an der gleichen Stelle war, hätte ich Williams Rat befolgen sollen, aber jetzt war es zu spät.

„Wir standen unbeholfen herum, während sie den Schnee von sich wischte, bis ich sagte: ‚Guten Abend, Ma'am.‘

„Zuerst sagt sie aus Überraschung auch guten Abend. Dann fing sie an, ganz anders zu reden. Sie beschrieb William und mich abschnittsweise, ging auf Einzelheiten ein, und niemand hatte uns auf ihre Empfehlung hin Geld geliehen. Das tat ich Da ich das zu Hause gewohnt bin, habe ich mich nett und leise zu unserer Verteidigung geäußert. Es gibt nicht ganz so viel Lärm, wenn nur einer redet.

„Als ihr schließlich der Atem ausgeht, sagt William ganz bescheiden: ‚Würde es Ihnen etwas ausmachen, uns mitzuteilen, wie Sie gerade in diese Gegend gekommen sind, Ma'am?‘

„Sie erklärte ausführlich, dass sie als Antwort auf eine Anzeige in der Zeitung nach Squaw Creek ziehen würde. In der Anzeige wurde nach einer Frau für einen Bauern gesucht, die etwa vierzig Jahre alt sein sollte oder in der Lage war, zu kochen, zu pflügen usw Waschen und leichte Schmiedearbeiten sowie ein Kapital von fünfhundert Dollar, das in den Betrieb investiert werden kann.

„„Und jetzt', sagt sie und fängt an zu weinen, ‚ich hatte in dieser Mühle gelagert, und' ich wollte nur rausgehen, um mir ein Stückchen Stock zu holen, um mir Soopper zu kochen, und' ich war auf der Hut Vor langer Zeit, wenn es so ist, und wo sind die fünf verdammten Dollar, die ich dort gelassen habe? Agghh woosha-woosha, ihr Teufel, ihr! Ein alter Hut – schlechtes Gewissen für eure hässlichen Gesichter! Der Fluch von Crom wird schwer auf euch lasten, weil ihr eine arme, einsame Witwe misshandelt habt!'

„„Nun, gnädige Frau', sage ich, ‚ich würde mir den Verlust des Geldes nicht zu Herzen nehmen. Wenn der Herr Ihr Gesicht sieht, wird es ihm egal sein.' Normalerweise kann man mit diesem Gerede die schwierigen Situationen besser umgehen. Aber hier hat es nicht geklappt.

„'Aggh, g'wan, du kahlköpfiger alter Pfefferminzbonbon!' Sie brüllt. „Glaubst du, ich sehe keinen Spiegel? Wo ist der Mann, der mich ohne Geld heiraten wird?" „Dann lass es dir auszahlen", sagte er. „Wo ist der Mann, der mich mit allen Mitteln haben wird, weil ihm die Münze fehlt? Woora, woora, antworte mir!"

„Nun, wie immer lag es an mir. Es gab kein Entkommen. Ein Mann könnte seinem Schicksal genauso gut lächelnd begegnen, als würde er mit der Lippe auf dem Boden streichen, wie meine Erfahrungen zeigen, liebe Freunde und Brüder." , dass dem Schicksal die Mutter eines holzbeinigen Kesselflickers ganz natürlich egal ist.

„„Madam', sage ich, nehme meinen Hut ab und verbeuge mich, ‚der ehrenvolle Name Scraggs steht zu Ihrer Verfügung.'

„„Äh?' sagt sie. „Was sagst du da?"

„„Ich wiederhole ganz klar und traurig, Ma'am, dass ein Vierzehntel meines Herzens und meiner Hände zu Ihrer Verfügung steht.'

„„He?' sagt sie noch einmal. „Und was ist die einvierzehnte Mähne?"

„„Ich habe jetzt', antworte ich, ‚dreizehn Frauen – ‚Bevor ich ein weiteres Wort herausbringen konnte, war sie ra'rin.'

„'Oh!' Sie schreit: „Ihr langbeiniger Schurke!" Sie fing an, sich nach einem Club umzusehen, also redete ich schnell.

„„Es ist meine Religion, Ma'am', sage ich. ‚Ich bin von Beruf Mormonin, aber auch aus Zufall. Denken Sie eine Minute nach, bevor Sie etwas tun, das allgemeines Bedauern hervorruft.'

„„Nun', sagt sie und beruhigt sich, ‚gibt es auf dem Parkplatz jemals einen Oir-Leddy?'

„„Bis zu diesem freudigen Geschenk nicht einer', antworte ich. ‚Ich weiß nicht genau, aus welchem Land sie stammen, aber ich kann ehrlich hinzufügen, dass ich nicht daran denke, dort das Recht auf ein Gehöft zu übernehmen.'

„'Aggh, mach schon mal Witze', sagt sie, so kitschig wie alles andere. 'Du machst nur Narren, das bist du.' „'Ma'am', sage ich, 'wenn Sie das Wort sagen, werde ich sofort meine feurigen, ungezähmten Skees holen und über die Berge galoppieren, um Sie mit aller Geschwindigkeit und Sellerie zur vierzehnten Mrs. Scraggs zu machen.' Man muss nur sprechen, um diese schreckliche Ungewissheit in eine schreckliche Tatsache umzuwandeln. Ich bezahle für das, was ich kaputt mache; Das bin ich, Jo Bush.'

„„Nun, ist das nicht plötzlich!' Sie sagt: „Aber ich werde euch nicht von euren Absichten abhalten – Männer, das steht ihnen im Weg, seht ein gutes Kind!"

„„Nun, auf Wiedersehen, William!' Als wir anfingen, sagte ich: „Sehen Sie selbst, wie es ist!"

„Er hat an meinem Mantelkragen geweint. Ich glaube wirklich, dass der Grassaft ein oder zwei Sprünge hatte, so verdammt heimtückisch, dass ein Mann es nicht bemerken würde.

„„Zu glauben, dass ich es war, hat das verursacht', brüllt er. ‚Ich und meine rachsüchtige Natur! Du versuchst mir zu vergeben, Ezekiel. Und wir haben diese Mühle sowieso für immer aufgelöst!'

„„William', sage ich, ‚pass nicht auf dich auf. Kein Mann steht über dem, was ihm widerfährt, es sei denn, er wäre oben auf der Mühle gewesen, als sie sich zerstreut hat. Ich verzeihe dir – auf Wiedersehen.'"

Mr. Scraggs paffte nachdenklich seine Pfeife. „Dreizehn", grübelte er und schüttelte den Kopf. „Sag mir nicht diese traurigen Zahlen."

„Aber", unterbrach Charley, „ich sehe nicht, dass es dir schlechter ging als vorher?"

"Mich?" antwortete Mr. Scraggs überrascht. „Ich? Nein, *mir* ging es nicht schlechter. Aber wie ich schon sagte, erkundigen Sie sich bei der Schlange."

„Frau Mehitabel Dreizehnte Scraggs öffnete sich mir ein paar Morgen später, und meine neueste Errungenschaft packte sie sofort an den Haaren ihres Kopfes und schlug sie mit einer Bratpfanne, bis Nummer Dreizehn aufstehen musste und Bleib eine Woche lang so.

„„Du *wirst* so mit meinem alten Mann reden, oder ? ' sagt Bridget. „Nun, wohlgemerkt! Wenn er nicht mit der Wimper zuckt, *werde ich* ihn verprügeln, aber wenn ich jedem dürftigen, lauteren Tier wie dir auch nur einen frechen

Blick zuwirke, würde ich das als tödliches Vergehen auffassen." Lauf jetzt, lauf und gib ihm sein Frühstück, sonst erwürge ich dich mit meinem Fuß!'

[Illustration: „Du *wirst* so mit meinem alten Mann reden, oder *?*"]

„Nein", sagte Mr. Scraggs traurig. „Mir ging es nicht schlechter. Wenn ja, wäre es nicht gewesen, dass Bridget eines Abends in der Drogerie einen Tropfen zu viel genommen hat und auf dem Heimweg einen weiteren Tropfen zu viel über den Rand der Kanone hinausgegangen ist, ich." Ich schätze, ich hatte etwas Gutes im Leben. Aber es sollte nicht sein, es sollte nicht so sein. Im Keim erstickt durch den Einfluss dieser verdammten Unglückszahl, dreizehn.

VI

HERR. SCRAGGS greift ein

„Da war ein Mann", sagte Mr. Scraggs, „der sagte: ,Erlöse mich von meinen Freunden.' Nun, ich gehe nicht so weit zu sagen, dass ich diese Aussage unterstütze, und ich bleibe auch nicht so stark, dass ich es nicht tue. Aber ich weiß eines: Ein Feind wird jedes Mal etwas für dich tun , während die meisten Freunde das nicht tun, und außerdem hatte ich noch nie einen Feind, der mir so viel leichte Unterhaltung bot wie mein Freund Pete.

„Ich spreche hier von diesem Standpunkt aus. Die wahre Freude des Lebens besteht darin, beschäftigt zu sein. Wir lassen keine Abstimmung über das Thema zu, wir geben es einfach zu. Daher ein Feind, das ist ein Feind, wenn." Wenn Sie bei guter Gesundheit sind und in der Lage sind, sich von Ihrer Seite aus um den Feind zu kümmern, ist das eine große Quelle innerer Belustigung. Ein Mann wird so sehr praktisch, dass er sich nicht für all die schönen Steine und Büsche interessiert, die über ihm verstreut sind Land durch die wohltätige Hand der Vorsehung. Er schlendert auf seinem kleinen alten Cayuse herum, während er darüber nachdenkt, wie viele Dinge er als nächstes nicht tun kann, und er ist vollkommen angewidert. Unterstützt und unterstützt mit einer Waffe, die sich hinter jedem einzelnen dieser Steine und Büsche versteckt? Der Mann ist an seinem Leben interessiert, weil der andere Kerl es ihm wegnehmen will. Ein guter Feind in einem einsamen Land bedeutet diesem Mann mehr als der Witwer ihrer besten Freundin einer jungfräulichen Tante. Darauf können Sie wetten.

„Red und ich sind darin unterschiedlicher Meinung, das weiß ich, aber seine Ideen werden durch die Ernte roter Luzerne, die er trägt, gesiebt, während ich jeder Idee, die über den Windschatten oder gegen den Wind kommt, einen klaren Vorschlag unterbreite In welche Richtung sie sich auch entscheidet, wenn ich das Gefühl habe, dass das Leben nicht lebenswert ist, gib mir einen Feind oder einen Freund wie Pete Douglass.

„Es steht mir nicht zu, mich über Petes Aussehen lustig zu machen. Es gibt einen Punkt, an dem eine humorvolle Geisteshaltung aufhört. Petes Aussehen war zu ernst, als dass ein Mann darüber komisch werden könnte. Es schien, als wären seine Gesichtszüge aufgebläht worden." Ein Windstoß schlug ihm ins Gesicht; seine Schnurrhaare hatten einen entsetzten Ausdruck, als wären sie entkommen, wenn sie nicht angebunden gewesen wären, und er war in jeder Himmelsrichtung doppelt gelenkig Er erweckt eher den Eindruck, dass man sich hinsetzt, als es ein kranker Mann könnte, aber alles, was der alte Pete aussah, schien genau das Gegenteil zu sein.

„Ich lernte Pete kennen, als er seine harte Münze gegen ein französisches Blechhorn-Rennbahnspiel einsetzte. Auf einem Brett liefen kleine Pferde herum, und man legte sein Geld dort hin, wo man dachte, es würde gewinnen, aber man tat es nie Dachte richtig, denn der Dago hatte einen Stock unter dem Tisch, mit dem er die Rennen nach seinen Vorstellungen ziehen konnte.

„Es lag auf der Hand, dass es im ersten Grad Unmenschlichkeit war, einem Mann, der ein solches Spiel spielte, Geld abzunehmen, und als Pete seinen letzten Dollar verlor, nahm ich mit einer Waffe an diesem Pferderennen teil, gerade weil ich nichts damit zu tun hatte." , und ich sage zum Blechhorn: „Schau mal, du legst das Geld auf die Bank, oder ich spiele dir ein Lied vor", und deshalb sollte er nicht denken, dass ich mich aus einem heraus eingemischt habe Voller Neugier richtete ich die Waffe auf ihn.

„O-rrr, klar'!' sagt er; „Tooty-süß." Ich habe auf der Stelle ziemlich viel Geduld verloren. Es schien, als ob er unterhaltsam sein wollte. Ich sage, dass ich eine Melodie auf diesem Blech spielen werde. Horn, und er sagt mir fröhlich, ich solle dich nicht quälen. Wie dem auch sei, Pete bekam sein Geld und Frenchy kehrte etwas später in das Land zurück, in dem seine Art der Bemerkungen mehr geschätzt wurde.

„Also Pete, er ergreift meine Hand mit Tränen in den Augen und viel Blut auf seiner Nase, wo ich ihn versehentlich mit dem Dago geschlagen habe, und er sagt, ich sei sein Freund für immer und er wird mir zeigen, was Freundschaft wirklich ist." Deshalb neige ich dazu zu sagen, dass ich mir zur Ruhe und Erholung einen Feind nehme. Ob unser Freund und Bruder, Mr. Douglass, der glücklichste oder der unglücklichste Mann auf Erden war, konnte ich nie herausfinden . Er erkundete persönlich den Grund jedes alten Prospeck-Lochs im Land. Er war von Natur aus romantisch und ging gerne nachts spazieren. Wenn er nicht zum Frühstück erschien, nahm ich die Seilrolle herunter Ich machte weiter, bis ich das richtige Loch gefunden hatte, denn man konnte genauso sicher darauf wetten, dass er sich am Boden eines Lochs befand, wie darauf, dass der Boden selbst dort war.

„Als ich ihn fragte: ‚Wie kommst du dazu, Pete?' Er antwortete immer: „Ich weiß nicht; ich muss über etwas nachdenken." Wenn Pete, während er sich in einem dieser Denkzauber befand, etwas Wertvolles eingefallen wäre, wäre er eines dieser Genies gewesen.

„Als ein Sägewerk eine Bramme wegschickte oder ein Band platzte, befand sich Pete im Zentrum der Unruhe. Er fiel von jedem Fußstamm im Umkreis von zehn Meilen; er ist in drei Wochen vierzehnmal ertrunken!"

„Die Bar, in der wir arbeiteten, hatte einen etwa 30 Fuß langen Tunnel. Nach der Gehaltsserie mussten wir uns im rechten Winkel abbiegen, sodass es dort hinten dunkel war. Eines Tages schob Mr. Pete das Auto, während ich zu Abend aß und Seine Kerze ist durchgebrannt. Er nimmt einen Stab Riesenpulver, steckt Kappe und Zündschnur darauf, zündet ihn vorsichtig an, steckt ihn in einen Rahmen, um eine Kerze zu holen, und trottet mit dem Auto nach draußen – ohne zu wissen, dass etwas Ungewöhnliches passiert ist. Gerade als ich den letzten Flapjack schlug und mich aufrichtete, um zu schreien: „Komm und hol es dir!" Da kamen Pete und das Auto wie von Zauberhand quer über den Bach, gefolgt von dem meisten Staub, den ich je in meinem Leben gesehen habe.

„Ich habe ihm endlos dabei zugeschaut, wie er kam, und konnte dem Geschehen gar nicht nahe genug kommen, um mich überhaupt zu fragen, warum."

„Er landete auf einer zitternden Natter und das Auto rollte über das Abendessen.

„Ich behaupte nicht, dass ich vollkommen vernünftig war; ich war überrascht. Als ich jung und jung war, habe ich im Anlauf etwa zwanzig Fuß weit gesprungen, aber einen Mann zweihundert Fuß springen zu sehen und eine Hand zu tragen–" Mit ihm ein Auto zu fahren war für mich ein neuer Sportzweig und für einen Mann wie Pete noch gefährlicher.

„‚Warum', sage ich, während ich auf den Baum klettere und ihm herunterhelfe, ‚wie bist du dazu gekommen?'

„‚Ich weiß nicht, Zeke', sagt er, ‚ehrlich zu Gott' – Pete benutzte nie ein Schimpfwort – ‚ehrlich zu Gott', sagt er; ‚Ich weiß nicht. Das Letzte, woran ich mich erinnere, war, darüber nachgedacht zu haben, warum es hier ein Gesetz gibt Die Schwerkraft konnte nicht so funktionieren, wie ein Mann es wollte, wenn „Beule" hinter mir etwas sagt, und ich habe einfach mitgemacht, wie Sie sehen, ich habe versucht, es herauszufinden, aber als ich die Handfedern drehte, wurde mir schwindelig .'

„Dies sind Punkte, die das Leben meines Freundes Pete Douglass zeigen. Seine Autogeografie wäre voller Ereignisse. Auf den ersten Blick würde man, wenn man nachlässig aussieht, sagen: ‚Na, hier ist der unerbittlichste Fluch, von dem ich je gehört habe, Aber bei einem nüchternen Gedanken kam es einem Mann, der es gewohnt war, nüchtern zu denken, so vor, als hätte er Glück gehabt, solche Leistungen zu erbringen und am Leben zu bleiben, um die Geschichte zu erzählen.

„Ich habe diese Idee Pete gegenüber erwähnt.

„‚Warum', sagt er, ‚ich sollte jedes Mal „Horra" schreien, wenn ich am meisten getötet werde. ‚Ist das das, was du meinst?'

„Schau mal", sage ich, „ich kann ohne fremde Hilfe alles meinen, was ich meinen kann. Ich meine, du bist das große menschliche Paradoxon – weniger menschlich und paradoxer als ich." Ich habe Werbung in einem Zirkus gesehen – und während du ständig dem einen oder anderen Horn eines Dilemmas ausweichst, steckt jeder deiner Freunde genau dazwischen. ', sage ich. 'Verdammt, wenn ich nicht zwei Drittel meiner Zeit damit verbracht habe, dich aus dem Schlamassel herauszufischen?' heiraten und sich niederlassen?'

„Liebe Freunde und Brüder, das war nur eine Kleinigkeit. Ich kenne Frauen besser als jeder andere Mann, den ich je getroffen habe und von dem ich das Gefühl hatte, dass er ihn weniger kennt Ich hatte noch nie eine dumme Frau mit denselben Augen gesehen, aber eine Frau, die Pete heiraten würde, übertraf meine Erwartungen. Es brauchte eine Frau mit einer turbulenten Intelligenz und einer bewussten Absicht, um dazu zu gelangen Als Pete zu mir sagte: „Genau das werde ich tun, Zeke", schluckte er mir den Atem.

„Ich sammelte meine verblassende Kraft und gewann Pertikler.

„Anscheinend gab es eine Dame, die etwa dreißig oder vierzig Jahre älter war als früher und die einfache Wäsche für die Jungen des Royal Soverign Prince machte. Die RSP-Mine wurde eher unregelmäßig betrieben. Die Jungs übernahmen die Aufräumarbeiten als Lohn, und Der Eigentümer nahm den Erlös aus den Aktien, die er verkaufte, als Dividende. Ich möchte erwähnen, dass es weniger Aufräumarbeiten gab als auf Lager, also war die zukünftige Frau P. Douglass in Form eines Doppelspiels eine furchtbar nette Gruppe von Jungs, die Royal Soverign Princes, aber wenn man dreißig Dollar und fünfzig Cent für einen Monatslohn auf fünfzehn Männer aufteilt, kann die Wäscherin keine städtischen Preise erwarten.

„Pete hatte die Zuneigung dieser Dame in seinen Bann gezogen, indem er in die Wasserrinne fiel und sich über das Abfalltor leiten ließ. Sie kümmerte sich drei Wochen lang um ihn, am Ende dieser Zeit stand Pete erneuert und erfrischt auf. und voller entschlossener Nutzlosigkeit als je zuvor. Die Vorstellung eines Mannes von Romantik besteht darin, zu tun, was er will, oder die Vorstellung einer Frau von Romantik besteht darin, das Gefühl zu haben, dass sie dazu verpflichtet ist Tun Sie, was sie wirklich tun möchte, unter solchen Umständen, die es ihr erlauben, es als große Sackgasse zu bezeichnen oder sich unwohl zu fühlen, was ihre wahre Vorstellung von Trost ist. Man muss sich nur die Hauswirtschaft einer Frau ansehen, um die Ruhe zu spüren Sie findet, dass die Dinge ständig durcheinander geraten. Ich habe mir die Hauswirtschaft von genügend Mrs. Scraggses angeschaut, um mit dem Urteil der Erfahrung, wenn nicht sogar mit dem Urteil der Weisheit, sprechen zu können.

„Also hat Mrs. Maggy Watson, die Dame, von der ich hier spreche, die Liebe zu Pete verloren, als er in der Gegend ein so lästiges Ärgernis war, und als er ihr später schrieb, dass er dachte, sie würden sich besser melden Sie wollte eine Partnerschaft eingehen und die heiligen Bande der Ehe ausstellen, also schrieb sie ihm sofort zurück, dass ihr der Plan schon seit einiger Zeit im Kopf herumschwirrte, und dass sie ihn ihm gegenüber erwähnt hatte, nur dass es ihr so vorkam, als würde sie sich in seinen einmischen Private Angelegenheiten.

„Zuallererst erscheint es irgendwie ungerecht, dass einem Mann wie mir eine Menge Mrs. Scraggses aufgezwungen wird, während ein Mann wie Pete die freundlichste und zuvorkommendste Frau bekommt; aber schließlich war ich dazu in der Lage Passen Sie eine Weile auf mich auf, und auch auf diesen Haufen Wildkatzen, und Pete brauchte auf jeden Fall eine Frau mit einem guten Gemüt. Wenn Sie die Dinge untersuchen, werden Sie feststellen, dass sie kein bisschen schlechter sind als Sie Ich dachte, sie wären es. Oft ist es der hornige Fuß des Unglücks, der einen Mann auf die grünen Weiden des Wohlstands treibt – die Frage ist nur: Kann er Gras essen?

„So kam es mit Pete auf der ganzen Linie. Er hatte so gewöhnlich geheiratet, dass es niemandem aufgefallen wäre, aber er war so überglücklich, als er feststellte, dass ich Partei für ihn ergriffen hatte, dass er fröhlich davonlief, um Feuerholz zu holen und hat sich mit der Axt in den Rücken geschnitten. Fragen Sie mich nicht, wie er das gemacht hat. Es ist der einzige bekannte Fall, an den Pete damals gedacht hat und der sich nur an einen plötzlichen Schmerz erinnern konnte Also wurde Pete noch einmal auf das Bett des Leidens gelegt, da er so daran gewöhnt war, dass er es ohne zu schreien hinnahm, nur dieses Mal dachte er, es sei ziemlich ernst.

„‚Zeke‘, sagt er, ‚ich bin so oft zum Cash-up gekommen, dass ich nicht weiß, was passieren wird, aber wenn es so sein sollte, würde ich diesmal sterben, um ehrlich zu sein, ich möchte, dass Maggy meine Sache erledigt Geld, und ich möchte, dass du es ihr bringst.'

„‚In Ordnung, Pete, das werde ich‘, sage ich.

„‚Dann machen Sie doch mit‘‘, sagt er.

„Pete hat mir etwas gemischt. ‚Ich werde dich nicht so zurücklassen‘, sage ich.

„‚Ja, das bist du auch‘, sagt er frech wie der Donner. ‚Das einzige Mal, dass ich bekomme, was ich will, ist, wenn ich krank im Bett liege. Ich werde weder glücklich schlafen noch irgendetwas tun.‘ – weder essen noch trinken – bis ich weiß, dass diese Frau den Mut hat, kann ich nicht sagen, dass ich meinen Lebensunterhalt gut gemacht habe, aber ich werde wie ein Haus in Flammen sterben, wenn das so ist „Kommt da entlang‘‘, sagt er. „Stellen Sie ein wenig

Essen und Wasser in meine Nähe, und ich glaube, dass ich einmal ein ausgewachsener Mann bin darüber", sagt er.

„Nun, er hat mich zum Stillstand gebracht. Es war eine Schimpferei, einen verletzten Mann in Ruhe zu lassen, aber ich konnte leicht nachvollziehen, wie er sich fühlte. Wenn ein Mann nicht stolz auf sich sein kann, kommt es darauf an, die ganze Schuld zu schaufeln." „Dreck umsonst".

„„Pete, ich mache es', sage ich und schüttle ihm die Hand.

„„Jetzt seht das!' sagt er. „Das ist das erste Mal, dass du mich wie einen Ekal behandelst, und ich kann dir sagen, dass ich weiß Gott nicht mehr bemitleidet werden möchte." Ich war ein frecher Affe im Haufen, wenn das nicht der Fall gewesen wäre, hätte ich Angst gehabt oder an etwas anderes gedacht, als eine Hotbox ankam. Der liebe Gott hat sich die Mühe gemacht, mich zu machen, und das scheint einigermaßen gerechtfertigt zu sein Damit ich beweisen kann, dass er seine Zeit verschwendet hat, sage ich, dass ich mein Licht nicht unter den Scheffel stellen muss. sagt er. „Dieser Krach tut weh!"

„Ich schätze, das stimmt. Ich habe ihn mit einem Stück Hirschsehne und einer Stopfnadel genäht. Ich war nie ein großes Talent im Schneidern, jedenfalls, und Petes Haut war so zäh, dass ich die Nadel meistens mit einer Stopfnadel durchstechen musste Stück Holz.

„Nun, ich habe es ihm so bequem gemacht, wie ich konnte, und mich auf den Start vorbereitet.

„„Zeke', sagt er, ‚nicht' – er schluchzte lautstark – ‚sei nicht länger, wenn du mir hilfst', sagt er. Da schießt ihm eine Träne ins Auge. ‚Und' nimm meinen Respekt „zu Maggy", sagt er.

„„Shaw, Pete!' „Jetzt leihen Sie sich doch keine Mühe – das ist ohne Sicherheit so leicht zu bekommen, dass es die Zeit nicht wert ist, ich komme sofort wieder." Ich klopfte ihm auf die Schulter und er drückte fest meine Hand.

„„Kein Mann könnte ein besserer Partner sein als du, Zeke', sagt er. ‚Ich habe vor nichts Angst, wenn deine Glatze in Sicht ist, und du verstehst, ein Kerl – das ist es „Ein hartes Spiel für einen Hahn, der nicht aus natürlichem Sand kommt."

„„Du hast jede Menge Sand, Pete', sage ich, ‚das Problem ist nur, dass du ihn in deinen Trichtern verstopfen lässt. Auf Wiedersehen.' Und weg ging ich, schnell schwankend, mit Petes 48 Dollar in meiner Jeans.

„Ich war so in seine Angelegenheiten vertieft, dass ich nicht aufpasste, und das ist in einem Land, in dem es kein Glück gibt, nicht klug. Plötzlich höre ich ein Vize sagen: ‚Puttee-Hände leuchten auf!' Hört sich an, als wäre ich in eine Kindertagesstätte geraten, aber das ist nicht so, denn kurz bevor ich diese Worte hören kann, taucht hinter einem Felsen ein Chinese auf – auf keinen Fall einer dieser kleinen Charlie-Jungs hier, die das tun Du wäschst dich und gibt dir ein Ticket mit aufgemalten Bildern seltsamer Insecks, sondern einen schreienden, alten tatarischen Piraten, sieben Fuß mal drei Fuß groß, mit Schnurrbärten wie zwei Schwänze eines kleinen Schweins und Wangenknochen, an die du deinen Hut hängen könntest Darüber hinaus war er je nach den Umständen mit zwei Hoss-Pistolen bewaffnet und ausgerüstet.

„Dieses müde Gefühl überkam mich und ich streckte mich; Ja, die Hände von EGW Scraggs hoben sich gen Himmel.“

„Als nächstes bat mich mein älterer Freund, etwas zu produzieren. Nun, das war Petes Geld. Ich hätte es mit körperlichen Übungen versucht, aber ich sah, dass es an der Zeit war, darüber zu reden.

„‚Mein christlicher Freund und Bruder‘, sage ich, ‚bevor wir über die Wurzel allen Übels sprechen, möchte ich Sie darauf aufmerksam machen, dass mein Name EGW Scraggs ist.‘

"'Ah!' sagt er und rückt zurück: „Sclaggsee!“

„‚Sclaggsee!‘ Ich brülle und wir hätten uns fast auf der Stelle getroffen. „Sag das nicht noch mal!“

"'Ah!' sagt er.

„Mir ist aufgefallen, dass seine Waffen wackelten.

"'Ah!' „Da hast du verdammt recht.“ Ich habe achtundvierzig Dollar in der Tasche, die mir nicht gehören „Ich gebe dir bis nächsten Dienstag zwei Dollar für die Verwendung dieses Geldes – zahle dir nächsten Dienstag fünfzig Dollar bei Jimmy Holt – hast du mich verstanden?“

„‚Hol dir jetzt Geld‘, sagt er schlau.

„ *Vielleicht* “, sage ich, „aber du wirst für einige Zeit nicht in der Verfassung sein, es auszugeben.“ Er verdrehte die Augen, und in diesem Augenblick erschien Mary Ann, die treueste Waffe, die jemals zwischen mir und einem Herrn gestanden hatte, dessen Absichten nicht gut waren, auf der Bühne.

„‚Don't take Shootee, Sclaggsee!‘ er kreischt.

„‚Du nennst mich noch einmal ‚Sclaggsee‘, und ich werde nichts von dir zurücklassen außer einem Rand‘, sage ich. ‚Was den anderen Vorschlag angeht, er lautet – nächsten Dienstag. Jimmy Holts Wohnung, ich habe dich untergebracht Gib mir fünfzig Dollar, du frecher, brüllender, falsch ausgesprochener Gotteslästerer über ein heidnisches Idol. Obwohl ich nicht nahe genug an einem Kirschbaum war, um einen zu fällen, ist das Wort von Ezekiel George Washington Scraggs so gut wie das des Vaters! „Sein Land“, sage ich. „Er hat mich beim letzten Spiel geschlagen, aber ich kann bei meinem Spruch bleiben wie ein poröses Pflaster. Du bekommst das Geld aus Spaß an der Sache, aber nicht für keine schmutzigen Fünfzig.“ „Dollar“, sage ich. „Gehst du in Richtung Stadt?“

„Ja‘, sagt er.

„Nun, schnapp dir deinen Stecker, und wir schlendern zusammen weiter.‘

„Also sind wir reingeritten, richtig fröhlich, anstatt uns zu streiten. Ich habe ihn zu Maggys Hütte mitkommen lassen, um zu zeigen, dass es sich nicht um einen Bluff wegen des Geldes handelte.

[Illustration: „Also fuhren wir rein, richtig fröhlich.“]

„Arme Maggy, sie wischt sich das Auge an ihrer Schürze ab und sagt, dass sie sofort zu unserem Lager aufbrechen wird.

„Ich habe den Chinesen vertraulich beiseite gerufen. „Passen Sie auf die Dame auf!‘ Ich schreie ihn an. „Lady – passen Sie auf sich auf!“ Ich weiß nicht, warum du denkst, dass man einem Mann alles klar machen kann, wenn man laut genug brüllt, aber das ist eine Tatsache.

„Mein Kink bewegt den Kopf. ‚Nimm Clare, Laly‘, sagt er.

„‚Yaas!‘ sagt ich. „Ich rustley monnellee!“

„Er wackelt wieder mit dem Kopf.

„‚Lusselleemonellee!‘ er antwortet, irgendwie ausdruckslos.

„Ich habe mich niedergeschlagen. Es war klar, dass er keine Ahnung von meinem Gespräch hatte. Also haben wir zwei Stunden lang darüber nachgedacht, ich habe Karten gezeichnet, mit den Fingern gewackelt und Gesichter gemacht, um einen Mann mit einer Axt darzustellen …“ Schnitt ins Kreuz, und eine einsame Witder-Frau kümmerte sich um ihn, bis er schließlich Hände, Gesicht und Füße ins Spiel brachte, mit einem kleinen Brocken verdammter englischer Sprache hier und da, Ein Licht brach in seiner heidnischen Seele aus. Er hätte beinahe den Kopf abgeschüttelt.

„‚Ich mache mich bereit für Sclaggsee, du Bettee, helles verdammtes!‘ sagt er.

„Er war so ernst, dass ich den Namen übersehen habe. ‚Gut‘, sage ich. ‚Nun, Charlie, du schlägst Holz, holst Wasser und sorgst dafür, dass die Dinge da draußen am Laufen bleiben, und deine Fünfzig warten am Dienstag auf dich.‘

„Maggy machte einen Krähenhüpfer, als sie feststellte, dass sie mit dem Chink reisen musste, aber ich sagte ihr, das sei in Ordnung, also stieg sie auf ein Indianerpony und los ging es zu Pete.

„Nun, liebe Freunde und Brüder, ich hoffe aufrichtig, dass Sie in einem kaputten Lager noch nie fünfzig Dollar aufbringen mussten. Die Jungs haben ihr Bestes gegeben, aber eine Dose Mais musste für fünfzig Cent und eine Hose herhalten Das würde Tartar Charlie irgendwo um die Knie bringen, was einen Kredit von zweieinhalb Dollar einbrachte. Vier Eisenmesser und eine kaputte Kaffeekanne standen für einen Koffer, und eine Schere mit einer Klinge war zur Hälfte abgebrochen, und eine Mundharmonika war das nur ertönte fleckig, entsprach zwei Eisendollar, ich bekam 1850 in bar und der Rest war Schrott.

„‚Nun‘, sagte ich, ‚er ist nicht besser als ein Straßenagent, und ich kann es auf keinen Fall ändern.‘

„Trotzdem denke ich an Jim Holts Stelle an einem Dienstagnachmittag, der sich deprimiert fühlte, als ich auf den Haufen schaute, als wer zur Tür hereingesegelt kam außer Tartar Charlie, der ein Grinsen trug, das zwei Abwechslungen brauchte halb um sein Gesicht.

„‚Laly komm!‘ sagt er. „Petee komm!“

"'Auf was?' Sagte ich und schämte mich, einem lautstarken Chinesen gegenüber Überraschung zu zeigen.

„‚Joss, Mann, hol' dich!‘ sagt er.

"'Sicherlich!' sagt ich. „Das sollte er tun; reg dich nicht auf.“ Ich habe privat über den Joss-Mann nachgedacht: „Setz dich, Charlie.“

„Also Charlie, er hat sich hingesetzt und mir dabei zugeschaut, wie ich die Karten durchgespielt habe.

„‚Playee-Poker?‘ sagt er.

„‚Zur Entspannung, Charles‘, sage ich. ‚Poker ist ein Geschäft für Gentlemen mit gutem Vermögen – gottee nomonee!‘

„‚Ich stecke dich‘, sagt er. ‚Wie Poker.‘

„Also kamen Jim und ein paar der anderen Jungs vorbei, und Charlie und ich begannen, Karten zu ziehen. Nachdem wir ein paar Karten durchgespielt hatten und uns gegenseitig ins Spiel kamen, sehe ich, wie Charlie ein Paar Asse verstaut. Jetzt ganz normal , hatte ich mich beschwert, aber unter den gegebenen Umständen erschien es mir nicht angemessen, also gab ich Jim ein Zeichen, und er schob mir einen Rucksack mit der gleichen Art von Rücken zu.

„Danach sieht man in seinem ganzen Leben nie wieder solche Hände an einem Pokertisch. Ein King-Full war es nicht wert, noch einmal zu erhöhen.

Ein Vierer-Set war das Mindeste, worauf ein Mann vertrauen konnte, und nur dann." es war noch dazu sein eigener Deal.

„Wie auch immer, da ich einen Rumpfrucksack zur Verfügung hatte und Charlie nur seine Reserven gebrauchen konnte, habe ich ihn auf Blechdosen mit Gemüse, die kaputte Kaffeekanne und die Hose reduziert.

„Er war so mutig wie jeder Weiße und hat den Jackpot geknackt. Es ging nur darum, Karten zu ziehen und zu zeigen, um das Geld zu gewinnen. Verdammt, wenn er nicht das Beste aus mir herausholen würde." Wie ich dazu komme, die Karo-Dame auszuwählen, die zu einem Straight Club Flush passt, wird erst am Tag des Jüngsten Gerichts enthüllt. Es gab niemanden, der überraschter war als ich. Das brachte uns sogar zu Stevens Ich war irritiert, also revanchierte ich mich mit einem Spielzug für den Haufen. Er stimmte zu und ich gab ihm vier Asse, ich wollte die drei Asse, die ich auf meinem Knie hatte, auffüllen , und wollte sie gerade dort einfügen, wo sie am meisten nützen würden, als Petes Stimme sagt: „Na, Zeke!"

„Es war ein freudiges Erlebnis, aber ich wusste, dass er mein Spiel gesehen hatte. Ich ließ die Karten fallen."

„‚Moment noch, Pete‘, sage ich. Ich rief Charlie über den Tisch: ‚Eröffnungsspiele zeigen und gewinnen!‘ Und als er die Kugeln abfeuerte, die ich ihm mit meinen eigenen Händen gab, brach mir das Herz. Aber ich konnte ein krummes Spiel, das der alte Pete sah, nicht ertragen.

„Ich sprang vom Tisch auf und schüttelte ihm die Hand, ich schüttelte Maggys Hand, die da stand und schüchtern lächelte, und dann schüttelte ich die Hand eines seltsamen Herrn in schwarzer Kleidung, dessen Name Mr. Irgendetwas war .

„Pete erklärte mir, dass es sich bei dem Herrn um einen durch das Land reisenden Pfarrer handelte, der ihm und Maggy eine Mitfahrgelegenheit in die Stadt angeboten hatte. ‚Wir dachten, wir könnten genauso gut gleichzeitig heiraten‘, sagt Pete, ‚und ich bin sicher wollte dich sehen, Zeke.'

„‚Ja‘, sagt Maggy. ‚Es scheint nicht richtig zu sein, ohne Ihre Anwesenheit zu heiraten, Mr. Scraggs. Wenn Sie daran denken, was Sie für Pete getan haben! Und dieser Charley High-Ball dort ist einfach der Segenste Mein Gott, er hat ein paar Sachen in den Wald geholt und sie in einer Minute gesund gemacht, könnte man sagen. Und es gibt nichts, was er nicht für uns tun würde „Ich bin einfach die glücklichste Frau, die es je gab", sagt Maggy und wischt sich noch einmal die Augen an ihrer Schürze.

"'Also!' „Warum unterschreibst du und Pete das Versprechen nicht gleich hier und jetzt? – Wie ist das, Freund?" Ich frage den Minister.

‚‚Na ja!' sagt er. ‚Ah! Es scheint nicht ganz der richtige Ort zu sein –'

‚‚Was ist mit diesem Ort los?' sagt Jim. Er war sehr stolz auf seinen Saloon, der ihn hundert Pfund pro Stück kostete, „dass es in der Stadt einen hübscheren kleinen Laden gibt, warum?" Ich lass mich dich nicht behalten.'

‚‚Dieser Minister war für das Geschäft ausgeschlossen. Er hat seine Wette so schnell abgesichert, dass ich ihn bewundert habe."

‚‚Das ist es', sagt er laut und herzlich. ‚Ich betrachte die Ehe als eine feierliche Angelegenheit, und ich hatte Angst, dass unsere Freunde durch die Umgebung von der Ernsthaftigkeit der Zeremonie abgelenkt würden.'

‚‚Sag kein Wort!' sagt Jim und winkt mit der Hand. „Du hast die nächste Runde auf mich gesetzt; aber ich schätze, Pete und Maggy hatten genug Ernsthaftigkeit, gerade als sie abrutscht – heh?"

‚‚Du redest von blauen Karos, Jim', sagt Maggy durch ihre Schürze. ‚Ich glaube nicht, dass ich jemals zu schwul werde, um mich zu verletzen, und Pete auch nicht.'

‚‚Sehr gut', sagt der Pfarrer – und wir hatten die Hochzeit. Charlie High-Ball verbrannte Punk, der stark, aber gut roch, und schwang seine Arme, während Jim und der Rest der Jungs jedes Mal ‚Amen' sagten, wenn sie kamen Eine Pause, und das Ganze geht großartig weiter, bis der Prediger zum Schluss kam, und dann unterbrach Pete:

‚‚Ich stimme dieser Aussage zu', sagt er. ‚Ich würde um nichts in der Welt gegen dich antreten, alter Mann, aber jetzt bin ich dran. Wir sind nicht ‚Mann' und Ehefrau, denn ich war noch nie einer Mann, seit ich erwachsen bin: Maggy, sie ist sowohl Mann als auch Ehefrau. Sagen Sie „Ehemann und Ehefrau", um zu gehorchen.

‚Der Prediger sah Pete mächtig freundlich an.

‚‚Ehemann und Ehefrau', sagt er. Dann platzte Maggy heraus: ‚Er ist der beste Mann, der je gelebt hat!' sagt sie.

‚‚Mögen Sie lange und glückliche Jahre zusammenleben', sagt der Prediger und sein Gesichtsausdruck veränderte sich – eher als ob es ein Vergnügen statt ein Geschäft gewesen wäre, um das er sich kümmerte.

‚‚Während wir dort standen, etwas unbeholfener, machte Charley einen hohen Einsatz. Er sammelte alle seine Gewinne auf einen Haufen. ‚Für Laly', sagt er und macht ihr eine Verbeugung.

‚‚Maggy", weinte sie. „Alle waren so gut zu ihr", sagte sie, „und sie war nicht in der Lage, ihrerseits Hand anzulegen, und so weiter, und wir fühlten uns alle eine Zeit lang angenehm elend, bis Jim." singt: „Hier, das ist keine Heiterkeit auf der Hochzeit – führen Sie uns direkt zur Bar!"

„Da standen wir alle in einer Reihe, Charlie High-Ball und alle.

„‚Was möchten Sie haben, Sir?' sagt Jim und fragt zuerst den Pfarrer nach seinen Manieren.

„‚Dasselbe wie die anderen', sagt der Pfarrer wie ein Mann.

„‚Herr Scraggs?' sagt Jim.

„'Ginger Ale, sage ich. Und jeder Mann und jede Frau nahm Ginger Ale, ein Getränk, das einen Mann zum Trinken antreiben sollte. Wie auch immer, wir haben diesem Prediger gezeigt, dass er uns nicht im Stich ließ, weder Fleck noch Farbe, als er es tat Es kam zum Showdown. Und er rettete auch das Stück. Er sah zu, wie die Schlange ihr Ginger Ale trank.

„‚Meine Herren', sagt er, ‚ich freue mich, Sie kennenzulernen – ich denke, ich werde eine Weile in Ihrer Stadt bleiben, aber jetzt' – und er zwinkerte irgendwie um die Augen – ‚ich hoffe, Sie werden mich entschuldigen. ' Damit verschwand er und überließ es uns, ein kleines Gegenmittel für das Ginger Ale zu holen.

„Und Pete und Maggy? Nun, liebe Freunde und Brüder, so etwas habt ihr noch nie gesehen – sie halten so viel voneinander wie zwei Männer! Und die Art und Weise, wie Pete ein kaputtes Hemd bügeln kann, ist ein Wunder ..."
. Yaas; er hat endlich seinen Job gefunden; ich habe oft gesehen, wie Maggy eine Menge Clo's hochhielt, während der Stolz aus ihr herausströmte, und hörte sie sagen: „Das gibt es nicht." „Eine Person hier in den Vereinigten Staaten, die ein Bügeleisen über Trockenwaren stülpt, so wie mein Pete-Verwandtschaft."

VII

DER JUNGBRUNNEN

„Es war einmal", sagte Mr. Scraggs, „ein tiefer Friede herrschte in meinem Haushalt. Es war: ‚Zeke, welche Verwandten gebe ich dir heute zum Abendessen?' und „Zeke" dies und das, bis ich mir sage: „Wir werden Zyklone haben, gefolgt von starkem Frost, wenn ich hier bleibe", also zog ich meine Fracht nach Arizona, bis dieser unnatürliche Zustand der Dinge vorüber war. Ich verstehe Mrs. Scraggs in ihrer Kriegsbemalung, aber Mrs. Scraggs mit zum Himmel gerichteten Augen und einer weißen Taube auf jedem einzelnen Ohr ist etwas, dessen Verderben ich nicht miterleben werde, wenn ich verwandt bin Hilf ihm.

„Ich bummelte durch eine kleine Stadt, ließ die Theken glänzen und unterhielt mich jede Minute damit, mich zu fragen, was zum Teufel ich mit dem nächsten machen würde, bis das Schicksal, das immer bereit und begierig schien, sich in meine Angelegenheiten einzumischen, schickte mich eines Morgens zum Bahnhof hinunter.

„Da stieg ein kleiner, kräftiger Mann aus dem Zug, mit reiner Babyhaut und sauberen Babyaugen. Er sah aus, als wäre er in diese böse Welt hineingeboren worden, mit einer kahlen Stelle, grauem Backenbart und einem Paar Gold." Er machte mich traurig – nicht, dass er nicht fröhlich genug gewesen wäre, aber sein Gespann war das eines Pfarrers, und ein Pfarrer erinnerte mich natürlich an die Ehe, und es gab nur eine Sache, die schlimmer war, als in Jim Creek herumzulungern: und das war die Ehe. „Ja", sage ich mir, während ich diesen netten, sauberen alten Herrn ansehe, „er weiß kaum, wie viel Ärger er in dieser Welt gemacht hat, und doch", denke ich, bereit, ehrlich zu sein Ich weiß es nicht, denn du hättest sie auseinanderhalten können, selbst wenn es keine Minister gäbe, die wie eine Pulvermühle nach oben fliegen sollen Es ist nur vernünftig, dass sie seitdem hinter ihresgleichen her sind. Und darüber hinaus hätte dieser Herr meine wilde Karriere aufgehalten – warum sollte ich also auf seinem Kragen laufen wollen? '

„Während ich so vor mich hin hamlettierte, sprach der alte Junge mit dem Stationsagenten. Billy lehnte sich an den Lastwagen und zeigte auf mich. ‚Da ist gerade Ihr Mann', sagt er; ‚Mr. EG Washington Scraggs, der berühmteste „Ich habe keinen Zweifel daran, dass Sie sich seine Dienste als Führer und Jäger sichern können", und los geht's, Billy.

„Eisenbahner gewöhnen sich daran, das Leben auf der Flucht zu nehmen, vom Essen bis zum Scherzen. Bill hat nie darauf gewartet, die Wirkung seines kleinen Frühlings auf mich zu sehen."

„Mein Freund kommt auf mich zu. ‚Ist das Mr. Scraggs?' er sagt.

„,Ich bin von Natur aus ein bescheidener Mann', sage ich; ,und doch kann ich es nicht leugnen.'

„Er hat mir eine Verbeugung gemacht. Ich habe ihm eine Verbeugung gemacht."

„,Mir wurde gesagt, Mr. Scraggs', sagt er, ,dass Sie ein berühmter Führer und Jäger sind?'

„,Wenn du durch dieses Land gehst und alles glaubst, was dir gesagt wird', sage ich, ,wird du ein seltsames Gefühl in deinem Kopf haben. Aber ich kann einfach führen und jagen, in Ordnung. Was soll ich führen, und Wen soll ich jagen?'

„Ich werde es dir erklären", sagt er, nimmt seine Flecken ab und tippt damit mit der Hand – er war ein netter, in seiner Heimat aufgewachsener alter Herr, aber er hielt seine eigenen Angelegenheiten auf jeden Fall für interessant. „So ist es", sagt er, „meine geistliche Arbeit hat mich – äh – erschöpft, das heißt, erschöpft." Mein Arzt bestand darauf, dass ich in dieses Klima kommen sollte, in dem es, wie man mir sagte, außerordentlich trocken und gesund ist, und dass ich völlig im Freien leben sollte; um zu unserer heilenden Mutter, der Natur, zurückzukehren; um die rosige Jugend des Morgens von einem Rasenbett aus zu begrüßen, um aus sehnsuchtsvoller Höhe, weit weg vom kleinlichen Wahnsinn der Städte, von Day Abschied zu nehmen – was haben Sie gesagt, Mr. Scraggs?'

„,Ich sagte ,Ya-as", sage ich schnell, weil ich mich ein bisschen vergessen hatte.

"Ah!' sagt er und wedelt begeistert mit seinen Flecken. „Der bleibende Frieden eines Lebens wie Ihres! – Ich bitte um Verzeihung?"

„,Ich habe hier einen Broncokitus-Anfall', sage ich. ,Ich huste fast wie im Gespräch – weitermachen.'

„,Zu leben', sagt er, ,im großen Frieden dieser riesigen Räume – um Gottes reinen Himmel über dir auszubreiten und in einen Schlaf zu versinken, in dem mich diese süße Luft die Nacht hindurch zum Schweigen bringen wird, wie der Wind aus Engelsflügeln." Mit welch kranker Sehnsucht habe ich danach gesucht!

"Das ist es!' „Pardner, du hast es geschafft. Es gibt nicht einen von tausend Menschen, der daran denkt, den Himmel um sich herum zu verstauen, wenn er sich umdreht, aber oft, wenn ich die letzte Ladung Tausendfüßler und Vogelspinnen geschaufelt habe." Ins Feuer gestreichelt, einen Side-Winder-Gute-Nacht-Schuss abgefeuert und einen Abschiedsschuss auf einen Skalplock abgefeuert, der über dem Hügel verschwindet. Das Gleiche habe ich gedacht. Oh! Farbenfroher Sonnenuntergang und friedliche Träume. Ich schlafe zu tief, um mich an die Engelsflügel zu erinnern.

„Ich habe so ernst gesprochen, dass er mich ganz verschlungen hat. ‚Hundertfüßer und Vogelspinnen‘, sagt er und grübelt (offensichtlich hatte er nicht damit gerechnet); ‚und‘ was ist ein ‚Side-Winder‘, Mr. Scraggs?“

„‚Ein ‚Side-Winder‘, Sir“, sage ich, „ist eine Klapperschlange, die auf der Voreingenommenheit reist, wie ich meine Frau über ihre Kleidung sagen hörte – er ist eine Art Freimaurer; er lässt Sie auf der Ebene herein und raus auf die queere Seite.

„'Klapperschlange?' sagt er; „ha – hm – Klapperschlange, ja, ja, ja – nicht gefährlich, hoffe ich?“

„'Ach nein!' sage ich. „Er beißt dich ein wenig, aber das ist nur ein Spiel.“

„Genau hier hat er einen Witz gemacht. Es hat einige Zeit gedauert – ich sehe es kommen.“

„Das ist ein ziemlich gefährliches *Spiel*, Mr. Scraggs, was?“ sagt er. „Ha, ha, ha!“

„Nun, ich schätze, mir hat dieser Witz genauso viel Spaß gemacht wie ihm – wir beide haben fünf Minuten lang gelacht. Aber irgendwie sah er so einfach und unschuldig und dumm aus, dass mir das Herz wehgetan hat, als ich ihn verarscht habe. Es gab kein Nein.“ Die alten Damen hatten ihm nur so lange gesagt, dass er ein Wunder sei, er wäre mehr als ein Mann gewesen, wenn er es nicht geglaubt hätte – es ist ziemlich schwer, sich an die Fälle zu halten Das ist es, was ihn so tief und wichtig husten ließ und mit gerunzelter Stirn dastand und aussah, als wüsste er viel mehr, als er begreifen konnte.

„Ich machte einen Schritt zur Seite. ‚Ich verstehe‘, sage ich, ‚du willst zelten gehen‘, und du willst, dass ich dich steuere?‘

„Er strahlte einfach darüber, dass das Rätsel so einfach gelöst wurde: ‚Genau das ist es‘, sagt er.

„‚Ich habe es fast von Anfang an erraten‘, sage ich. ‚Nun, wir wollen ein Team und Decken und eine Lagerausrüstung; das wird etwas kosten.‘

„‚Es ist keine Frage der Kosten‘, sagte er, holte eine Gurke heraus und häutete viel Geld davon ab. ‚Nehmen Sie das und sichern Sie sich, was wir brauchen.‘

„‚Ich werde das Richtige für Sie tun‘, sagte ich und meinte es ernst. An diesem Nachmittag machten sich Rev. Percival Mervin und Mr. EGW Scraggs mit einem Team von Maultieren auf den Weg zu unbekannten Teilen. Ich hatte keine Ahnung mehr, was für eine Art Land, in das wir gereist sind, als Percival selbst; schließlich ist ein Land dem anderen sehr ähnlich. Aber ich habe ihm die Geschichte erzählt, als wir gereist sind – ach ja, war er nicht zum Vergnügen herausgekommen?

„„Dort', sage ich und male mit der Peitsche, ,ist Dooleys Säule, die so genannt wird, weil ein Mann namens Dooley, nur mit der Hilfe seiner Witwe, dort drei Wochen lang acht verwüstende und zerreißende Wilde abgewehrt hat .'

"'Gute Güte!' sagt Percival. „Und sind sie entkommen?"

„„Die Indianer? Oh ja; sie sind entkommen.'

„„Nein, ich meine die Dooleys.'

„„Ja, sie sind auch entkommen; alle sind gut entkommen – nur der Name ist geblieben.'

„„Ich hätte gedacht, dass es Blutvergießen geben würde', sagt er, erstaunt und auch ein wenig enttäuscht, obwohl er ein so gutherziger kleiner Mann war.

„„Es ist gewaltig nah dran', sage ich, ,mächtig. Der einzige Grund, warum das nicht der Fall war, war, dass die Indianer sie nicht erreichen konnten – ist dir die Klippe unten nicht aufgefallen?'

"'Ja.'

„„Nun, das geht völlig um, und es ist nicht kletterbar, also mussten die Indianer unten bleiben.'

„„Ich verstehe', sagt er; und wir ritten drei Meilen, bevor er sagte: ,Aber wie sind die Dooleys dorthin gekommen?'

„„Sie wurden von einem Tornado in Sore-toe Canon dort drüben erfasst', sagte ich, ,und direkt nach oben geweht – die Indianer jagten sie zu Pferd und schossen auf dem Flügel auf sie.'

„Percival, er hat seine Brille geputzt, hat sich Dooleys Säule genau angesehen und mir seine ehrliche Meinung gesagt."

„„Es', sagt er, ,ist sehr bemerkenswert.'

„Ich sah ihn an. Es war; aber zu sehr, als würde man einem blinden Bettler einen Kredit aus dem Hut nehmen. „Wenn ich ein anständiger Mann gewesen wäre, hätte ich aufgegeben. Percival hatte jedoch eine fatale Faszination – Sie fragten sich, wie." Er hat viel *geschwätzt* – hat dich irgendwie dazu angespornt, etwas auf ihn zu werfen, was er nicht gesehen hat. Es brauchte einen besseren Mann als mich, um das zu tun. Du hast in deinem ganzen Leben noch nie von solchen Dingen gehört, die da passiert sind Wie er sagte, machte es ihn froh, einen Mann an seiner Seite zu haben, der die Geschichte des Landes im Griff hatte.

„Er zeigte nichts als Informationsdurst, als ich ihn auf Grant's Leap hinwies – den Ort, an dem sich General Grant mit drei Apache-Pfeilen, die tief in seiner Hose steckten, in Sicherheit hüpfte.

"'Warum!' sagt Percival: „Ich habe nie gehört, dass General Grant in diesem Land war."

„Ich schüttelte weise den Kopf. ‚Nein', sage ich, ‚er hat es dunkel gehalten.'

„‚Nichts gegen seinen guten Namen, hoffe ich?' sagt er besorgt.

„‚Überhaupt nicht', sage ich herzlich. ‚Er hat es getan, um einem Freund einen Gefallen zu tun – es wurde mir vertraulich gesagt, daher kann ich nicht mehr sagen.'

„Gerade in diesem Moment machten wir eine Kurve, die Grants Leap besser sichtbar machte. Ich hatte gedacht, es wäre ein schmalerer Schlitz, aber es wäre eine gute Pferdepistole, die man hinübertragen könnte.

„‚General Grant muss als junger Mann sehr beweglich gewesen sein', sagt Percival.

„‚Überhaupt nicht', sage ich. ‚Es sind noch keine fünfzig Fuß, und das war, bevor er völlig erschöpft war, als er für die Präsidentschaft kandidierte.'

„‚Oh, ich verstehe', sagt Percival. ‚Glaube nicht, dass ich an dir zweifeln wollte.'

„‚Das habe ich nicht', sage ich und mein Gewissen beißt mich erneut.

„Aber es gab keine Hilfe; er musste eine Geschichte über jedes seltsam aussehende Loch, jeden Stein, jeden Baum oder jede Schlammpfütze haben, die wir sahen. Es gab einen unheimlich aussehenden Baum, der auf einer Seite abgestorben war. ‚Nun, ' denkt ich, 'Ich werde dich rausschmeißen und aufgeben.'

„Also erzählte ich ihm, wie die Bürgerwehr einen Mann, der mit einem Gummischlauch gehandelt hatte, fälschlicherweise eines Mordes verdächtigte, ihn unter genau diesem Baum überholte, ihn, da ihm kein Seil fehlte, mit einem Teil seiner eigenen Habseligkeiten fesselte und davonritt, ohne sich umzusehen Als der arme Junge vom Pferd gerissen wurde, streckte sich der Schlauch, sodass seine Füße den Boden berührten: Er machte einen Satz, stieg hoch genug, um die Belastung zu lösen, schluckte einen Schluck Luft und so weiter Er konnte nicht anders, aber drei Tage lang hüpfte er dort auf und ab und sicherte sich eine leichte Erfrischung, indem er die Blätter des Baumes abbiß, der auf dieser Seite seltsamerweise nie wieder grüne Blätter hervorbrachte.

„‚Und dann wurde er gerettet? Wer hat es getan?'

„Er war – die Bürgerwehr hat es getan. Der Grund, warum sie ihn verdächtigten, war, dass sie in der Tasche von Ike, dem Ermordeten, eine quittierte Rechnung über fünfzig Fuß Gartenschlauch gefunden hatten. Wohlwissend, dass Ike in seinem Leben noch nie eine Rechnung bezahlt hatte, Das sah verdächtig aus, aber als sie genauer hinsahen, sahen sie, dass die Rechnung auf einen anderen Mann ausgestellt war, und sie eilten zurück, obwohl sie müde waren. Sie hoben eine Axt, um ihn zu befreien, aber er brüllte: „Eins." Wort zum Sprung: „Verschwenden Sie nicht zu viel Schlauch!"

„Percival legte seine Hand auf meine Schulter. Ich dachte, meine kleine Anstrengung würde zumindest ein Lächeln hervorrufen, und wollte gerade mitmachen, als er sagt:

„Denken Sie an den Geisteszustand dieses unschuldigen Mannes in diesen drei Tagen!'

„Nun, ich habe versucht, Percival zu gefällig, aber ich konnte es natürlich nicht; wenn sich nicht eine Nuss unter dem Wagen gelöst hätte, wäre mir nichts anderes übriggeblieben, als genau dort zu sterben."

„Nur eines hat die Reise getrübt. Wir trafen auf einen Mann, der fragte, wohin wir wollten.

„Oh, ein bisschen raus!' sagt ich.

„Er sah Percival an. ,Moment mal!' sagt er. „Pass auf dein Auge auf!" flüsterte er. „Die ‚Paches' sind oben."

„Nun, ich habe einem Mann, der Unruhen der Indianer vorhersagt, noch nie so viel Aufmerksamkeit geschenkt wie einem Bauern, der sich über das Wetter lustig macht, also habe ich mich bei ihm bedankt, und wir schlenderten weiter. Ich erklärte Percival, dass der Mann der bekannte Desperado sei , James Despard von der Blutigen Hand, und er fragte mich, ob ich einen seiner Feinde getroffen hätte.

„Er sah nicht wild aus', sagt Percival.

„Das ist seine Art', sage ich; ,er geht auf einen Mann zu und sieht nicht grimmig aus, und das erste, was man merkt, ist eine Beerdigung.'

„Gegen Sonnenuntergang erreichten wir den Ort, den wir anstrebten: einen schönen, hohen Punkt mit einem Wasserbecken, von dem aus man kilometerweit das Tal überblicken konnte. Auf drei Seiten war es gerade und auf der anderen Seite ein harter Zug für die Maultiere; aber ein Stück Gras auf der Rückseite, Holz zur Hand, und der Aussichtspunkt, den es bot, sowie das Wasser machten den Aufstieg lohnenswert. Außerdem war es genau der Ort, an dem der roosische Prinz Porkandbeansky lagerte, wie ich ihm vor zehn Jahren erzählte Percival erzählte mir alles über den Prinzen, während ich das Abendessen kochte, und gab ihm so einen Hinweis auf das richtige Verhalten. Es genügte zu sagen, dass der Prinz das und das getan hatte – oder nicht –, um Percival leicht auf die Linie zu bringen Rest der Reise.

„Nun, wir konnten in dieser Nacht nicht so schnell unter die blaue Decke von Percival kommen. Mir machte es nichts aus, wenn eine Decke hineingeworfen wurde, und er auch nicht, denn das war kälter als die Sünde. Wir waren brav und müde. Broad Als wir aufwachten, ging die Sonne auf.

„Percival, er flog herum wie ein Hahnenkämpfer. Glücklich! Der Herr rette uns! Er sang kleine Hymnen und trabte bei jedem Schritt, den er machte, seine sonnenverbrannte kleine Nase strahlte vor Freude. Es hat dir gut getan, ihn anzusehen . Ich war so stolz auf ihn, als ob er der Älteste meiner Schwester wäre – brachte ihm dies und das bei, bis er mit dem Ruhm, ein solcher Camper zu sein, fertig war und es ihm vierzig Mal am Tag erklärte Ich wusste, wie froh er war, dass ich sein Führer gewesen war; wie sehr er sonst vermisst hätte, dass diese Geschichten, die ich ihm erzählt hatte, zu seinen romantischen Vorstellungen über das unbequeme Leben im Freien beigetragen hatten, aber jedes Mal sagte er es Ich fühlte mich wieder gemein.

„Trotzdem findet Satan immer Unfug, der untätige Hände tun kann. Nach ungefähr fünf Tagen des Herumlungerns wandte ich das Gespräch der Ungewissheit der Dinge im Allgemeinen zu; Dann zeigte er Percival, wie seltsam fünf davon auf einmal ausgeteilt werden würden. Er war interessiert, und ich schlug vor, dass er auch fünf nehmen sollte, und das tat er als Erstes Du weißt, ich hatte alles, was Percival besaß, weil er die Art und Weise, wie die Karten fallen würden, falsch eingeschätzt hatte. Am Ende der nächsten Woche war ich stolz auf Percival Jackpot ohne das geringste Zittern, aber um mich zu retten, konnte ich ihn nicht dazu bringen, Karten zu spielen. Er sagte, es sei böse und habe zum Glücksspiel geführt – ich weiß nicht, was er damit recht hat. Wir hatten viel Spaß Jedenfalls mit der Ungewissheit der Dinge zurechtzukommen und unsere Moral zu retten.

„Am Ende von drei Wochen waren wir beide Zwillingsbrüder. Der alte Percy erzählte mir im Vertrauen, dass er schon seit Jahren keinen echten Freund mehr gehabt hatte. Und ich mochte ihn, darauf können Sie wetten. Wir alle haben unsere Fehler – ja, sogar Mrs . Scraggs ist nicht frei von ihnen – aber man kratzt sie von der Spitze von Percival und findet einen weißen Mann – das vertrauensvollste kleine Lebewesen in Gott und den Menschen, das gutherzigste und gutmütigste, das je gelebt hat Manchmal konnte ich nachts nicht schlafen, wenn ich an die Lügen dachte, die ich ihm erzählt hatte, und wenn ich nie geschlafen hätte, konnte ich nicht aufhören – es war, als würde man einem hungernden Nigger die Leitung eines Hühnerstalls überlassen.

„So schlenderten die Dinge dahin – kein Glas. Kein Regen, kein krabbelndes Ding, das unseren Spaß verdarb, bis Percy und ich eines Tages, kurz vor dem Abendessen, mit den Decken zwischen uns da saßen und unsere Bohnen an der Seite abzählten und Rosinen sammelten. und Cross-Lifting, er hatte eine Karte gezogen, während ich zwei zu einem Paar Zehner und einen Kicker nahm und vier Zehner machte – ein Shadder fiel auf die Decke und fragte sich, ob er meine besser sehen sollte Das letzte Mal, dass ich es bemerkt habe, aber dein Onkel Zeke hat so lange an einsamen und manchmal ungesunden Orten gelebt, dass die Kälte dieses Schattens, der so lautlos und unerwartet kam, auf seine Seele fiel. Bevor ich meinen Blick hob, sah ich den Schatten aus der Nähe an. Ja, es gab eine Waffe, und es war auch eine Indianerwaffe.

„Es gibt nichts, was ein Indianer lieber mag, als still zu sitzen und einen Cinch zu genießen. Er wird dich nicht töten, solange er ein bisschen Spaß mit dir haben kann.“

„Ich spare nicht, was ich gefühlt habe, aber der alte rosa-weiße Percival war da, Baby im Wald, das sich auf mich verlassen hat, und mich mit einem Apache-Gewehr beschützt!“

"'Wie!' sagt ich und wirf es achtlos über meine Schulter.

„Es gab eine stille Sekunde. Dann antwortet der Indianer: ‚Huh!‘

„Percy blickte erfreut und überrascht auf.

„‚Warum, da ist ein Indianer!‘ sagt er.

„‚Mach weiter mit dem Spiel‘, sage ich verärgert. ‚Starr ihn nicht an – er hat Gefühle.‘

„Percy wurde rot. ‚Ich bitte um Verzeihung!‘ er sagt zu den Indianern – dann zu mir: „Was will er?“

„Ich habe beschlossen, dass Percy sich nicht verschrecken würde, wenn ich es verhindern könnte. Wenn er gehen *müsste*, lass ihn schnell gehen, ohne zu warten. Sie ließen mich einmal warten, und obwohl es nicht zu nichts führte, Ich glaube nicht, dass ich mich jemals wirklich darum kümmern sollte.

„‚Er will mich verärgern‘, antworte ich. ‚Tolle Leute für Sport, Indianer, und neugierig, wie sie vorgehen. Er erwartet, dass ich ihn überrasche – mal sehen, wie viele habt ihr da?‘

„Ich beugte mich vor, um meine Beine locker zu machen, damit ich springen konnte, und auch, um einen kurzen Blick auf die Umstände zu werfen. Da war nur der einsame Bock. Ich habe den Katzenschläger betätigt. Weißt du, wie eine Katze das macht? Sie sitzt.“ Ich denke immer noch: „Ich werde gleich schnell sein – ich werde bestimmt *gleich* schnell sein“, bis sie so viel Dampf bekommt, dass sie, bevor sie es merkt, weg ist Genau das habe ich getan. Ich habe den Indianer mit Füßen getreten, ihn außer Reichweite geworfen und ihn über die steilste Seite geschleudert, bevor man „Keno" sagen konnte.

[Illustration: „Ich war überall auf dem Injun."]

„Percy war überrascht und unzufrieden. Er zog seine Flecken an und trottete schnell zum Rand.

„,Washington', sagt er, ,du hast diesem Mann wehgetan!'

„,Oh, das glaube ich nicht', sage ich. ,Er ist an dieses Land gewöhnt.'

„Ich hatte ihm nicht halb so wehgetan, wie ich es mir gewünscht hätte. Wenn man einen Weißen 30 Meter tief auf einen Steinhaufen schlagen würde, würde er wie ein Christ verschwinden, aber mein roter Freund und Bruder zappelte sofort hinter den Felsbrocken.

„Ich schieße nicht. Es könnten zwanzig von ihnen sein, die zu hören sind, und außerdem besteht kein Grund, den armen Percy zu beunruhigen, der EGW vertraut, früher als nötig."

„,Es scheint mir, Washington', sagt Percy, ,das ist ein *sehr* hartes Spiel.'

„,Percy', sage ich, ,wie Sie vielleicht gelesen haben, geht es einem Indianer nicht so sehr darum, verletzt zu werden, sondern darum, seinen Familienstolz zu unterstützen. Wenn ich ihn nur fünfzehn Fuß oder so weggeworfen hätte, würde er es tun Ich dachte, ich würde seine eigentliche Ausdauer nicht respektieren, und wahrscheinlich würde 'a' nicht mit mir sprechen, wenn wir uns treffen würden.'

„,Natürlich wissen *Sie* alles über diese Dinge', sagt er. ,Aber für mich ist es sehr überraschend.'

„,Percy', sage ich noch einmal ganz ernst zu ihm, ,wenn ein Mann all die Dinge auf dieser Welt zur Kenntnis nehmen würde, die überraschend sind, würde es nicht lange dauern, bis jeder Baum im Wald wie ein Ausrufezeichen aussehen würde ihn.'

„,Ich nehme an', sagt Percy und wedelt weise mit dem Kopf, ,das ist ganz wahr.'

„Und wenn da fünfzig Millionen Indianer gewesen wären, die bereit gewesen wären, uns in der nächsten Minute zu frikasserieren, hätte ich nicht anders können, als einen weiteren Anfall von diesem Broncokitus zu bekommen, der mich so beunruhigte."

„Aber dein Onkel Zeke war in den nächsten vier Tagen nicht so verdammt komisch. Ich hatte erwartet, dass der Indianer jede Minute wieder bei seinen Freunden sein würde, und weil ich die ganze Nacht geguckt und Percy den ganzen Tag gejohlt hatte, war ich vollkommen erschöpft. Er hat mich dazu gebracht Ich war irgendwie verrückt, weil ich nicht bemerkte, dass etwas nicht stimmte, obwohl ich versucht hatte, diesen Eindruck bei ihm zu erwecken, wie er sagen würde.

„Der Indianer kam nicht, und er kam auch nicht, bis ich auch sauer auf ihn wurde. Woher sollte ich wissen, dass er meine Idee zu Ende brachte, indem er weiter nach unten fiel? Also kochte ich und machte Aufregung und Ich sehnte mich in mir danach, mit jemandem ins Reine zu kommen, und endlich kam meine Chance.

„Nachmittag, heiß und klar wie immer. Percy schlief unter einem Felsen, und dann die Schritte der Pferde! Ich sprang auf die Kante zu, und, Jungs, für eine Minute versagte mir mein Sehvermögen. Es waren keine Indianer, es waren viele." Ich hätte nie erwartet, dass ich so froh sein würde, einen Soldaten zu sehen, von dem ich dachte, dass ich ihn verachte.

„Ich schaute sie eine ganze halbe Minute lang an und dachte: ‚Gott segne die blasige Nase des alten Percy, er ist in Sicherheit!' Und dann tat ich, was ich nicht getan hatte: Ich rutschte den Berg hinunter und schwang mich über ihre Köpfe hinweg. Es war, als würde man mit dem Finger in ein Wespennest stechen. Der beste Indianer schleicht sich den Hügel hinauf. Wenn es jemals einen großartigen Anblick in der Natur gab, dann ist es ein zweihundert Pfund schwerer Soldat, der vollständig von einem Stein verdeckt wird, der doppelt so groß ist wie meine Faust.

„Ya-as, hier kommen sie; und ich flitzte mit meinem roten Taschentuch herum, als wäre es der Kopfschmuck eines Paches, und führte sie dorthin, wo Percy war. Ich war zuerst da und kroch in eine Höhle, wo ich zusehen konnte. I sah Percy an, der schlief, und bemerkte: „Whoo-whisssh!" in regelmäßigen Abständen sein kleines Babygesicht von seinem weißen Taschentuch umgeben, seine kleinen dicken Hände auf seinem kleinen dicken Bauch gefaltet, und ich konnte es kaum erwarten, bis die Augen dieser Soldaten auf ihren heimtückischen, wilden und unerbittlichen Feind fielen.

„Der Leutnant war ein Kind, gerade erst graduiert – einer von der Art, die es für herrlich hält, getötet zu werden und in den Zeitungen darüber zu lesen. Er führte seine Männer in die schlichte Stille unseres Lagers, geduckt und unruhig, mit einer Waffe im Anschlag und da war die US-Armee und da war der schlafende Percy.

"Was . . . !' sagt der Leutnant und fällt zehn Fuß zurück. sagt er, fällt zwanzig Fuß zurück und verliert seine Stimme!

„Und dann kam ich aus der Höhle und rollte auf dem Boden.

„Der Leutnant kam herüber und klopfte mir mit dem Gewehrkolben auf die Schulter.

„‚Was meinst du, du Mistkerl!‘ Er sagt: „Hör auf zu lachen, sonst erschieße ich euch beide!“

„Als ich das hörte, wurde ich schnell. ‚Schau her, junger Kerl‘, sage ich, ‚du kannst mich so oft schlagen, wie du willst, aber wenn du Percy ein schlechtes Spiel machst, werde ich dich einsperren in deinem Diplom und schick dich nach Hause zu deiner Mutter.‘

„Es ist einfach passiert, dass ihr Mischlings-Scout mich kannte.

„‚Ich würde Mr. Scraggs nicht verärgern, Lieutenant‘, sagt er; ‚es ist Pech.‘

„Natürlich wurde noch mehr geredet, aber der Leutnant war ein braver Junge, und als er sah, wie alle Jungen lachten, gab er nach und lächelte selbst.

„‚Nun, du langbeiniges Standbild der Melancholie‘, sagt er, ‚ich muss es wohl lassen, aber ich werde dich erschießen, so gut es geht, wenn du jemals so einen Streich spielst Was für ein Idiot bist du überhaupt, mitten in einem Ausbruch hier zu bleiben? Jetzt weck deinen Freund und komm mit uns.

„‚Danke‘, sage ich; ‚aber Moment – ist die Straße in die Stadt sicher?‘

„‚Sicher, wir haben sie alle gereinigt, bis auf einen Haufen.“

„‚Nun‘, sage ich, ‚dann schlendern Percy und ich einfach zusammen den Weg zurück, den wir gekommen sind. Ich möchte nicht, dass er nichts von irgendwelchen Problemen erfährt.‘

„Nachdem er eine Weile gekaut hatte, stimmte er zu, und die Armee verschwand.

„Also wachte Bimeby Percy auf und sagte, er hätte ein schönes Nickerchen gemacht und sich erfrischt und – ähm – gestärkt gefühlt, und er und ich gingen zurück in die Stadt, und er hatte nie den Verdacht, dass es einen Aufstand der Indianer gegeben hatte, weder Soldaten noch sonst etwas. . Ich hatte das Gefühl, der Person, die etwas hervorbringt, was Percy vermuten würde, eine Belohnung von hundert Dollar anzubieten. Und wenn ich daran denke, könnte ich fast wieder heiraten.

„Und auf diesen Ticker hier lege ich großen Wert, weil er von Percy stammt und darin steht: ‚An EG Washington Scraggs, in Erinnerung an unsere schöne Freundschaft, von Percival Mervin‘ – und das an einen harten alten Mormonen wie mich!“ Nun, er war ein verdammt netter kleiner Mann.